L'AMOUR LA SOLITUDE

Paru dans Le Livre de Poche :

PRÉSENTATIONS DE LA PHILOSOPHIE

ANDRÉ COMTE-SPONVILLE

L'Amour la solitude

Entretiens avec

Patrick Vighetti
Judith Brouste
Charles Juliet

ALBIN MICHEL

Avant-propos

Ce livre a été publié une première fois en 1992, aux éditions Paroles d'Aube, alors toutes jeunes et qui ne devaient vivre que quelques années. Il était devenu introuvable. C'est ce qui justifie cette nouvelle édition, revue et augmentée. Elle reste fidèle à l'ancienne ; mais elle la complète ou l'éclaire, sur un certain nombre de points, et constitue l'édition définitive.

Le volume prenait place, chez son premier éditeur, dans une collection tout entière consacrée à des entretiens : un écrivain — le plus souvent un poète — répondait aux questions de quelques-uns de ses lecteurs ou amis. Pourquoi ai-je accepté de participer à l'aventure ? D'abord par sympathie pour ceux qui s'y étaient lancés, qui me demandaient de les rejoindre. Ensuite par goût pour les entretiens, pour ce jeu, à la fois imprévisible et stimulant, des questions et des réponses. Enfin parce que c'était l'occasion d'écrire autrement, et pour un autre public. L'idée était de faire un livre qui ne fût plus tout à fait un livre de philosophie, mais plutôt le livre d'un philosophe, sur ce que la philosophie et la vie lui avaient appris, sur ce qu'il en avait retenu... Je souhaitais m'adresser au lecteur comme on s'adresse à un ami, sans précautions, sans élaboration secondaire, sans érudition, sans masque : juste quelques idées à l'état naissant, ou renaissant, juste quelques souvenirs, comme la trace d'un cheminement, entre confidence et réflexion, entre pensée et récit... « Je n'enseigne point, je raconte », disait Montaigne. C'est un exemple que je voulus suivre, mais de loin. Ce petit livre est le contraire d'un système ou d'un traité, sans être encore un essai. Ce sont des entretiens, ce que Montaigne aurait appelé des *conférences* (« le plus fructueux et naturel exercice de notre esprit, c'est à mon gré la conférence »), autrement dit des conversations. Art mineur ? Sans doute, et c'est ce qui fait une partie de son charme. La vérité, ici, importe plus que la beauté ; le plaisir, plus que le travail ; la vie, plus que l'œuvre.

Comment procéder ? Le plus simple eût été de passer par la parole, d'enregistrer nos entretiens, de les transcrire, de les corriger... Mais c'est un travail fastidieux et presque toujours décevant. J'ai pris le parti inverse : commencer par l'écriture, et essayer de retrouver, par elle, en elle, quelque chose de la parole, de sa spontanéité, de sa fragilité, de sa légèreté, de sa liberté... C'est à quoi mes interlocuteurs voulurent bien se plier. Leurs questions m'arrivaient par la poste ; j'y répondais par retour du courrier, écrivant le plus que je pouvais au fil de la plume, sans plan, sans préparation, sans vérifier mes références ni mes citations, presque sans retouches. L'improvisation faisait partie du jeu, d'autant plus imprévisible qu'il se pratiquait à plusieurs. C'était une espèce de correspondance ou de dialogue épistolaire, comme j'aime à en lire, et je pris plaisir aussi, cette fois comme auteur, à m'y risquer.

Cela n'alla pas sans faute. C'est alors, citant de mémoire, que j'attribuai à Pavese une idée que je n'ai jamais pu retrouver chez lui et qui venait vraisemblablement, je ne l'ai réalisé que bien plus tard, d'Adorno. J'avais lu les *Minima moralia* de celui-ci plusieurs années plus tôt, presque en même temps que le *Journal* de celui-là, et ces deux souvenirs avaient fini, avec le temps, par se mêler... Je profite bien sûr de la présente édition pour corriger cette erreur, comme pour préciser ou expliciter quelques idées qui me paraissent, à la relecture, devoir l'être. Mais je n'ai voulu ni tout réécrire ni même changer l'essentiel : ce livre me plaît — et sut plaire aux lecteurs — comme il est, fragile et imparfait. Cette fragilité fait partie de la vie. Pourquoi n'aurait-elle pas sa place, aussi, dans les livres ?

Il me reste à remercier Judith Brouste, Charles Juliet et Patrick Vighetti, qui voulurent bien m'accompagner dans cette promenade. Ce livre leur doit beaucoup, et plus qu'il n'y paraît. Sans eux, il eût été tout autre, ou plutôt il n'existerait pas.

De l'autre côté du désespoir

Entretien avec Patrick Vighetti

André Comte-Sponville, faisons table rase de tout, et commençons par définir : Qu'est-ce que la philosophie ? Qu'est-ce qu'un philosophe ? Quel rôle doit-il jouer dans la Cité aujourd'hui ?

Voilà un début bien philosophique ! Au fond, est-ce que philosopher ce ne serait pas d'abord cela : sinon faire table rase (rien ne prouve que ce soit possible), du moins essayer de se débarrasser de tout ce qui nous encombre, des habitudes, des idées toutes faites, etc., autrement dit essayer de penser *à neuf* ? Oui, il se pourrait que la philosophie, ce soit d'abord ce mouvement d'interrogation radicale, comme un commencement de la raison, ou un recommencement ; que la philosophie, ce soit la pensée neuve, la pensée libre, la pensée libérée et libératrice... On dit beaucoup, citant Hegel, que la chouette de Minerve s'envole au crépuscule, et ce n'est pas faux. Mais elle s'envole, et cela fait, à chaque fois, comme un matin de l'esprit. « Paroles d'aube », dites-vous... Je reprendrais volontiers l'expression : la philosophie est cette aube toujours recommencée de la pensée, qui ne cesse de se lever — lueur pâle de la raison ! — du fond de nos crépuscules.

J'aurais d'ailleurs beau jeu de vous faire remarquer que la question « Qu'est-ce que la philosophie ? » est *déjà* philosophique, de même que la question « Faut-il philosopher ? », ce pourquoi, comme disait Aristote (vous voyez qu'on ne fait jamais complètement table rase, ou que d'autres l'ont toujours déjà fait avant nous), on n'échappe pas à la philosophie — ou, dirais-je, on n'y échappe qu'en renonçant à penser. Celui qui ne veut pas faire de philosophie, dès lors qu'il essaie de comprendre pourquoi il s'y refuse, il en fait déjà... Non, du tout, qu'il s'agisse de ne philosopher que sur la philosophie. La question « Qu'est-ce que la philosophie ? » est philosophique ; mais la question

« Qu'est-ce que les mathématiques ? » ne l'est pas moins. Quand un mathématicien se demande ce qu'il fait, sur quel type d'objet il travaille, à quelle vérité il a accès, etc., tout mathématicien qu'il soit, il se pose alors une question qui excède les mathématiques : il fait de la philosophie ! Preuve en est que, sur cette question, ou sur la réponse qu'il convient d'y apporter, tous les mathématiciens ne seront pas d'accord : à compétence égale, ils s'accorderont sur la validité de telle ou telle démonstration, mais pas sur la nature de ce qu'ils font. Les uns seront plutôt intuitionnistes, d'autres formalistes ; certains se réclameront de Platon, d'autres de Leibniz ou de Kant... Bref, alors même qu'ils font, par hypothèse, les mêmes mathématiques, ils n'auront pas — ou pas nécessairement — la même *philosophie* des mathématiques : ils font la même chose, mais ils n'ont pas la même conception de cette « chose » !

On dit souvent, pour le leur reprocher, qu'il y a autant de philosophies que de philosophes, ce qui n'est qu'à peine exagéré. Il se pourrait qu'il y ait aussi, et pour les mêmes raisons, à peu près autant de philosophies des mathématiques que de mathématiciens ou, disons, que de mathématiciens qui réfléchissent à ce qu'ils font... La philosophie est la pensée à la fois la plus libre (elle n'est prisonnière d'aucun savoir) et, pour cela, la plus singulière. Qu'il y ait autant de philosophies que de philosophes est donc à peu près vrai (à peu près seulement, car il arrive toutefois que des philosophes s'accordent : il y a des écoles, des maîtres et des disciples, des doctrines dans lesquelles tel ou tel pourra se retrouver), mais, quand bien même cela le serait tout à fait, on aurait tort de le reprocher à la philosophie. Que les philosophes ne soient pas d'accord entre eux, loin que ce soit une raison pour ne pas philosopher, c'en est une, et bien forte, pour philosopher soi-même. N'importe qui peut faire des mathématiques à votre place (puisque, par hypothèse, il trouvera, s'il trouve, le même résultat auquel vous pourriez parvenir), et c'est pourquoi, sauf goût particulier ou nécessité de gagner votre vie, vous n'avez aucune raison de faire des mathématiques vous-même. Il n'y a pas de sot métier, mais nul n'est tenu de les faire tous. Les mathématiques, de ce point de vue, sont un métier : on peut en laisser la tâche à d'autres. La philosophie, non. Ou si la philo-

sophie est *aussi* un métier, qui a ses profes-
sionnels (ceux qui l'enseignent, qui publient
des livres...), elle est d'abord une dimension
constitutive de l'existence humaine. Vous
n'êtes pas obligé, et c'est heureux, de faire des
cours ou des livres de philosophie. Mais personne ne peut philosopher à votre place : ce
que je pourrais avoir trouvé, et quand bien
même cela me satisferait totalement, ou ce que
Kant ou Hegel ont pu trouver, et quel que soit
leur génie, rien ne prouve que cela vaille *pour
vous* ! Il faut donc vous y mettre personnellement, et c'est ce qu'on appelle philosopher...

Prenons par exemple votre question : « Qu'est-
ce que la philosophie ? » Parce que c'est une
question philosophique, elle est susceptible de
plusieurs réponses différentes, et, à la limite,
d'autant de réponses différentes qu'il y a de philosophies différentes... Je ne dis pas cela pour
me défiler, pour éviter de répondre, mais au
contraire pour annoncer que la réponse que je
vais vous donner n'engage que moi, et que
d'autres philosophes répondraient différemment. Je disais : il arrive que des philosophes
s'accordent... Eh bien, sur cette question, je me
sens très proche de ce que disait Épicure, il y a

quelque vingt-trois siècles : « La philosophie est une activité qui, par des discours et des raisonnements, nous procure la vie heureuse. » J'aime beaucoup que la philosophie soit une activité (et pas un système ou un savoir), qu'elle se fasse par des discours et des raisonnements (et pas par des visions ou des slogans), enfin qu'elle tende au bonheur... Je dis : qu'elle tende. Parce que pour ce qui est de le procurer, il me semble que nous ne sommes plus capables, nous, les Modernes, de la belle confiance des Anciens... Pour mon usage personnel, et toujours pensant à Épicure, je me suis forgé la définition suivante, que je vous propose comme réponse (mais c'est *ma* réponse : rien ne prouve qu'elle vous satisfasse) à votre question : *la philosophie est une pratique discursive, qui a la vie pour objet, la raison pour moyen, et le bonheur pour but*. Il me semble que cela vaut pour toute philosophie digne de ce nom — mais sur cette *dignité*, justement, tous les philosophes ne s'accordent pas...

Puis-je ajouter un mot ? Parce que je parle du bonheur, on en conclut un peu vite que ce serait là, pour moi, le tout de la philosophie. Il n'en est rien. On peut être heureux sans philosopher, sans doute, et l'on peut certes philosopher sans être heureux ! Le bonheur est le but, non le chemin. Surtout : le bonheur n'est pas la norme. Qu'une idée vous rende heureux, qu'est-ce que cela prouve ? C'est le cas aussi, au moins un certain temps, de la plupart de nos illusions... Le bonheur n'est pas la norme : la norme de la philosophie, comme de toute pensée, c'est, ce ne peut être que la vérité. Ce n'est pas parce qu'une idée me rend heureux que je dois la penser ; la philosophie ne serait autrement qu'une variante sophistiquée de la méthode Coué. Si je dois penser une idée, et quand bien même elle me rendrait triste à mourir, c'est uniquement parce qu'elle me paraît vraie ! Je l'ai dit bien souvent : si un philosophe a le choix entre une vérité et un bonheur, et cela peut arriver, il n'est philosophe qu'autant qu'il choisit la vérité. Renoncer à la vérité, ou à la quête de la vérité, ce serait renoncer à la raison et, par là, à la philosophie. La norme, ici, l'emporte sur le but, et doit l'emporter : la vérité, pour le philosophe, prime sur le bonheur. Mieux vaut une vraie tristesse qu'une fausse joie.

Pourquoi alors ne pas définir la philosophie par la recherche de la vérité ? D'abord parce

que cette recherche n'est évidemment pas le
propre de la philosophie ; on cherche aussi la
vérité en histoire, en physique, dans le journa-
lisme ou au tribunal... Aussi parce que, la vérité
supposée donnée (et bien sûr elle ne l'est jamais
que partiellement et approximativement), reste
à savoir qu'en faire : toute la philosophie se joue
là. La vérité est la norme, mais enfin il s'agit de
vivre et, si possible, de vivre heureux, ou pas
trop malheureux. La philosophie n'échappe pas
au principe de plaisir ; mais le plaisir ne prouve
rien, ou ne prouve que lui-même. De là cette
tension toujours, qui me paraît caractéristique
de la philosophie, entre le désir et la raison ou,
pour le dire autrement, entre le but (le bonheur)
et la norme (la vérité). Que les deux puissent se
rejoindre, c'est ce qu'enseigne le vieux mot de
sagesse. Qu'est-ce que la sagesse, sinon une
vérité heureuse ? Et non pas vraie parce que
heureuse (auquel cas il n'y aurait plus de vérité
du tout : l'illusion suffirait), mais heureuse,
bien plutôt, parce que vraie. Nous en sommes
loin : la plupart des vérités nous sont indiffé-
rentes ou nous font mal. C'est à quoi nous
voyons que nous ne sommes pas des sages.
Mais si la philosophie est amour de la sagesse,

comme l'annonce l'étymologie (il est vrai
qu'une étymologie ne prouve rien), c'est
qu'elle est amour à la fois du bonheur et de la
vérité, et qu'elle essaie, autant que faire se peut,
de les concilier, que dis-je, de les fondre l'un
dans l'autre... Vous connaissez la chanson :
« J'ai deux amours... » C'est ce que chante
aussi la philosophie. Dans la sagesse, ces deux
amours n'en font qu'un, et c'est un amour heureux, et c'est un amour vrai.

Et le philosophe ?

C'est quelqu'un qui pratique la philosophie,
autrement dit qui se sert de sa raison pour réfléchir sur la vie, pour se libérer de ses illusions
(puisque la vérité est la norme) et, s'il le peut,
pour être heureux ! Vous allez me dire qu'en ce
sens tout le monde est peu ou prou philosophe...
Pourquoi non ? Il m'arrive d'utiliser cette définition encore plus simple : philosopher, c'est
penser sa vie et vivre sa pensée. Nul n'y par-
vient jamais tout à fait (nul n'est *complètement*
philosophe), mais nul, non plus, ne saurait tout
à fait s'en dispenser. Au fond, ceux qu'on
appelle les grands philosophes, ce ne sont pas

des gens qui pratiqueraient je ne sais quelle activité inouïe dont les autres seraient incapables ;
ce sont ceux qui ont fait mieux que d'autres ce
que tous ont fait, et doivent faire. Si vous réflé-
chissez sur le sens de la vie, sur le bonheur, sur
la mort, sur l'amour, sur la justice, si vous vous
demandez si vous êtes libre ou déterminé, s'il
existe un Dieu, si l'on peut être certain de ce que
l'on sait, etc., vous faites de la philosophie, au
même titre (ce qui ne veut pas dire aussi bien !)
qu'Aristote, Kant ou Simone Weil. C'est une
tarte à la crème, dans les classes, que d'opposer la philosophie à l'opinion, et je l'ai fait
moi-même plusieurs années. Puis je me suis
rendu compte qu'il y avait là de la mauvaise
foi : que la philosophie est certes une opinion
plus travaillée, plus rigoureuse, plus raison-
nable — mais n'en est pas moins *opinion* pour
autant. Au fond, c'est ce que Montaigne m'a
appris, par quoi il m'a libéré (je ne l'ai lu qu'assez tard) de tous les dogmatismes. « La philosophie,   disait-il,   n'est   qu'une   poésie
sophistiquée », et cela n'était injurieux ni pour
les poètes ni pour les philosophes. Je dirais de
même : la philosophie n'est qu'une opinion
sophistiquée, mais au sens non péjoratif de la

sophistication, au sens où est sophistiqué, nous disent les dictionnaires, ce qui est « recherché, complexe, évolué ». Mieux vaut une chaîne stéréo sophistiquée qu'un vulgaire tourne-disque ; mieux vaut une philosophie qu'une opinion vulgaire ! Il reste qu'à la fin, il y a la simplicité de la musique ou de la vie — la simplicité de la sagesse. Vous connaissez de ces gens qui préfèrent leur chaîne hi-fi à la musique... J'en connais aussi quelques-uns qui préfèrent la philosophie à la vie, et cela me paraît un contresens du même ordre. La technique la plus sophistiquée n'a de sens qu'au service d'autre chose, par exemple au service de la musique. La philosophie, de même, n'a de sens qu'au service de la vie : il s'agit de vivre mieux, d'une vie à la fois plus lucide, plus libre, plus heureuse... Penser mieux, pour vivre mieux. C'est ce qu'Épicure appelait philosopher pour de bon, autrement dit pour son salut, comme disait Spinoza, et c'est la seule philosophie qui vaille. On ne philosophe pas pour passer le temps, ni pour faire joujou avec les concepts : on philosophe pour sauver sa peau et son âme.

Quant à la place du philosophe dans la Cité, j'en ai assez dit : si n'importe qui peut et doit être philosophe, peu ou prou, bien ou mal, la place du philosophe est celle, exactement, de n'importe qui. C'est où se nouent l'universel et la solitude.

Comment passe-t-on de cette « opinion sophistiquée » que serait la philosophie, à la « simplicité de la sagesse » ?

Si je le savais, il y a belle lurette que j'aurais cessé de philosopher : la sagesse me suffirait ! Mais ce que je crois avoir compris, justement, c'est qu'il ne s'agit pas d'un *savoir* ; la sagesse, pour autant que nous puissions l'atteindre, résulte d'un travail (un peu au sens où Freud parle du travail du deuil), lequel inclut certes un effort de pensée, mais ne saurait s'y réduire. La vie n'est pas une idée. Je dirais plus : toutes les idées, en un sens, nous séparent de la vie. La philosophie ne peut donc mener à la sagesse qu'à la condition de tendre perpétuellement vers sa propre abolition : le chemin est de pensées, mais là où il mène, il n'y a plus de chemin. Plus de pensée ? En tout cas plus de pensée théorique : le réel suffit, la vie suffit, et c'est ce que j'appelle le silence.

Quand Françoise Dolto écrit que « toute théorie est symptôme », elle n'a sans doute pas tout à fait tort. La sagesse serait au contraire la santé de l'âme, comme disait Épicure, et c'est de quoi aucune théorie ne saurait tenir lieu. Sans symptômes, direz-vous peut-être, pas de symptomatologie, donc pas de médecine... Dont acte. Mais la médecine n'est pas la santé. La médecine est complexe, sophistiquée, ardue... Quoi de plus simple, quoi de plus facile que la santé ?

On dira que la santé est première, ce que la sagesse ne saurait être. La sagesse, sans doute pas. Mais la vie, si, pour tout vivant. Or la sagesse n'est pas autre chose que cette simplicité de vivre. S'il faut philosopher, c'est pour retrouver — *clarum per obscurius* ! — cette simplicité-là. Il s'agit, disais-je, de nous débarrasser de tout ce qui nous encombre et qui ne cesse de nous séparer du réel et de la vie. C'est à quoi sert la philosophie, dont à la fin il faut donc se débarrasser aussi... La doctrine est un radeau, disait le Bouddha : une fois le fleuve traversé, à quoi bon porter le radeau sur ton dos ? Laisse-le plutôt sur la rive, où il pourra servir à d'autres ; toi, tu n'en as plus besoin...

Voilà ! Le sage est celui qui n'a plus besoin de philosopher : ses livres, s'il en a écrit, ce qui est rare, sont comme des radeaux abandonnés sur le rivage...

C'est ce que beaucoup n'acceptent pas, qui passent leur vie à bricoler leur petit radeau, dans l'espoir de l'améliorer, et il arrive assez souvent qu'ils y parviennent. Mais à quoi bon, s'ils ne traversent pas le fleuve, ou si — une fois le fleuve supposé franchi — ils transportent toute leur vie ce fardeau sur leurs épaules ? Combien sont morts épuisés sous le poids de leur système ? Mieux vaut la légèreté de la vie : la légèreté de la sagesse !

Je vois autour de moi des philosophes qui se plaisent à complexifier toujours davantage leur pensée, et tendent ainsi vers une sophistication de plus en plus grande. D'une telle démarche, je vois bien la richesse et, parfois, la nécessité. Il m'arrive d'y sacrifier : comment faire autrement ? Tous les problèmes ne sont pas susceptibles d'une solution simple. Encore faut-il n'être pas dupe de cette complexité spéculative. Dans les sciences, la technicité est le plus souvent indispensable : parce qu'elle est nécessaire au travail de la preuve. Mais en philosophie ?

Dans la mesure où celle-ci n'est pas une science, ni ne peut l'être, la technicité n'y saurait valoir comme preuve, ni la sophistication constituer toujours un progrès. Les systèmes s'ajoutent aux systèmes, voilà tout, et cela ne fait qu'une complexité de plus... Kant est un philosophe génial, l'un des plus techniques et des plus rigoureux qui soient. Mais si sa rigueur était vraiment démonstrative, nous serions tous kantiens, ce qui n'est pas. Spinoza est tout aussi rigoureux, tout aussi technique, tout aussi génial ; sa philosophie s'oppose en tout, pourtant, à celle de Kant... Il faut donc choisir (c'est ce qui donne raison à Montaigne), et la rigueur n'y suffit pas. Ou plutôt il ne s'agit pas d'un choix, à proprement parler, mais d'une espèce de reconnaissance (plutôt que de connaissance) qu'on constate davantage qu'on ne la décide : lisant Kant, lisant Spinoza, on y reconnaît plus ou moins le monde ou la pensée qu'on habite, qu'on croit vrais, ou plus vrais que d'autres, sans pouvoir jamais le démontrer tout à fait... C'est où la rigueur atteint ses limites, qui sont de l'homme.

Pour ma part, sans renoncer tout à fait à la technicité ou à la complexité, et encore moins à la rigueur, j'aurais plutôt la tendance inverse : je cherche des idées simples, de plus en plus simples, tellement simples qu'à la fin elles n'auraient même plus besoin d'être énoncées. Bien sûr, ce n'est jamais tout à fait possible : la pensée a ses difficultés et ses exigences, qui sont strictes. Mais la pensée n'est qu'un moyen, et le complexe même qu'elle dévoile ne saurait masquer la simplicité pourtant de ce qui s'y joue. Quoi ? Le réel. Tout organisme vivant, par exemple, est d'une richesse inépuisable, d'une complexité infinie — mais la vie n'en est pas moins *simple* pour autant. Quoi de plus compliqué qu'un arbre, quand on essaie de comprendre son fonctionnement interne ? Et quoi de plus simple, quand on le regarde ?

Mais la vue est une fonction très complexe...

Bien sûr ! Mais la complexité de la fonction est au service de la simplicité de l'acte. Quoi de plus complexe qu'un œil ? Quoi de plus simple que de voir ? Cela, c'est la vie même : la complexité au service de la simplicité. C'est aussi une leçon pour le philosophe...

Quand il s'agit de comprendre ou d'expliquer,

on ne peut pas faire l'économie de la complexité. Mais la compréhension n'est pas tout, ni le but ultime. Il se pourrait qu'il n'y ait rien à comprendre, au fond, si ce n'est cela même : qu'il n'y a rien à comprendre ! « La solution de l'énigme, disait Wittgenstein, c'est qu'il n'y a pas d'énigme. » On peut bien expliquer l'arbre par ses causes, par sa structure, par les mécanismes qu'il met en jeu, les échanges qu'il entretient avec son environnement, etc. Mais le comprendre, non : il n'y a rien à comprendre, et c'est pourquoi aucune théorie ne saurait remplacer le regard, la simplicité du regard.

Vous connaissez la belle formule d'Angelus Silesius, ce mystique allemand (qui était aussi médecin...) du XVIIe siècle :

« La rose est sans pourquoi, fleurit parce qu'elle fleurit,
N'a souci d'elle-même, ne désire être vue... »

Et sans doute c'est très compliqué, une rose. Mais comme c'est simple pourtant ! La botanique est une science complexe, comme toutes les sciences, et cette complexité a aussi sa richesse. Mais enfin la rose est là : il serait dommage que la botanique nous empêche de la voir et de l'aimer comme elle est — simplement.

Ainsi le réel serait simple, ou du moins le sage ne devrait en retenir que la simplicité, laissant de côté la diversité du phénomène ? Mais pourquoi perdre cette richesse phénoménale, et au profit de quelle vertu de la simplicité ?

Le simple, au sens où je le prends, n'est pas le contraire du divers ! La diversité des phénomènes, la richesse du réel, l'infinie variété des détails, toute cette luxuriance du monde sensible (c'est-à-dire du monde !), il ne s'agit évidemment pas de s'en priver. Vous ne verrez jamais deux roses identiques, deux pétales identiques. Mais ce monde infiniment riche et varié n'en est pas moins simple pour autant : il n'a rien à cacher ni à montrer, ou plutôt rien d'autre à montrer que lui-même, rien d'autre à dire que lui-même, et cela fait un grand silence qui est le monde, et la simplicité du monde. Le réel est ce qu'il est, simplement, sans aucune faute (Spinoza : « Par réalité et par perfection, j'entends la même chose »), sans aucun problème, sans aucun mystère... J'aime bien la formule de Woody Allen : « La réponse est oui ; mais quelle peut bien être la question ? » Il n'y a pas de question, et c'est pourquoi la réponse est oui : c'est le monde même. Les mystères sont en nous, en nous les problèmes et les questions. Le monde est simple parce qu'il est l'unique réponse aux questions qu'il ne se pose pas : simple comme la rose ou le silence.

Mais dans une rose, le botaniste aperçoit toutes les fleurs nouvelles qu'il en tirera par génie génétique ; le poète D'Annunzio y trouve la révélation d'une flamme :
« Elles brûlent. On dirait qu'elles ont dans leur corolle un charbon allumé. Elles brûlent véritablement » ;
et le philosophe y verra l'objet, l'autre du sujet, la diversité faisant face à son unité de sujet : qu'est-ce que la couleur ? le parfum ? déterminisme ou liberté de pousser ? etc.

Si c'était vrai, et s'il n'y avait que cela, quelle tristesse alors que la botanique ! Quelle tristesse que la poésie ! Quelle tristesse — et quel ennui ! — que la philosophie ! Pourquoi n'aimer dans les fleurs que celles qui n'existent pas encore ? Pourquoi y chercher ce qu'elles ne sont pas (ah ! ces métaphores des poètes ! quel bavardage insipide le plus souvent !), pourquoi toujours les comparer à autre chose ? Pourquoi vouloir enfermer (bavardage des philosophes !) le réel, la richesse du réel, dans nos pauvres abstractions ? « L'objet », « le sujet », dites-vous — du vent ! Il n'y a pas d'« objet », pas de « sujet », il n'y a pas de « couleur », de « parfum », et il n'y a même pas de « rose » ! Tout cela ce ne sont que des mots, nos pauvres petits ou grands mots. Je sais bien que nous ne pouvons nous en passer, mais le réel n'en a que faire. Nominalisme radical : l'abstraction n'existe que dans et par le langage. C'est pourquoi le réel est simple, d'une simplicité qui n'est pas celle d'une idée (une idée simple, c'est une idée facile à comprendre, ce que le réel n'est jamais), mais celle de la singularité nue (l'*idiotie* chez Clément Rosset, l'*événement* chez Marcel Conche) et de l'identité à soi. C'est quand nous essayons de ramener cette richesse et cette singularité du divers à nos concepts que tout, en effet, devient compliqué : parce que le réel excède de toutes parts le peu que nous pouvons en penser ! Raison de plus pour ne pas se contenter de penser, et pour apprendre à voir, c'est-à-dire à s'abandonner, silencieusement, à l'inépuisable simplicité du devenir.

Qu'est-ce qu'une rose simplement regardée peut donc m'apporter ?

Rien, tout : elle-même. Cela ne vous suffit pas ?

Vous évoquez cette « acceptation du réel », dans Une éducation philosophique, *en relatant votre expérience de certains moments « mystiques » porteurs d'une « simplicité merveilleuse et pleine, et vécus dans l'abolition du temps et du discours...*

J'ai dit « mystiques » ? S'agissant de moi, cela m'étonne un peu. Il me semble plutôt avoir parlé, pour ce qui me concerne, de moments de simplicité et de paix, ce qui n'est pas tout à fait la même chose... Je ne suis guère allé au-delà, dans ces domaines, de ce que chacun a vécu ou peut vivre. Il est vrai pourtant (et c'est ce qui a pu justifier le mot) qu'il m'est arrivé, dans ces moments-là, d'ailleurs bien rares, de retrouver — mais sans extases ni visions — quelque chose de ce que décrivent les mystiques. Quoi ? Le silence, la plénitude, l'éternité... L'abolition du temps, comme vous dites, mais dans le temps même, dans la vérité du temps : le toujours-présent du réel, le toujours-présent du vrai, et leur intersection qui est le monde, et le présent du monde. Puis l'abolition, en effet, du discours, de la pensée, du « mental » : c'est ce que j'appelle le silence, qui est comme un vide intérieur, si l'on veut, mais à côté de quoi ce sont nos discours qui sonnent creux. Ce mot de *silence* m'a fait peur longtemps, par ses connotations trop religieuses ou « mystiques », justement. Mais du jour où j'ai lu Krishnamurti, je m'y suis habitué. Comment dire autrement la présence muette de tout ? Enfin la plénitude, qui est la disparition du manque. Que désirer de plus, lorsque tout est là ?

Oui, voilà ce que j'ai vécu, parfois, et à pro-pos de quoi il pouvait être légitime, en effet, d'évoquer les mystiques. Le fait est que, sans prétendre en être un, j'accorde de l'importance à leur témoignage. Quelque chose d'essentiel se dit là, sur l'homme et sur le monde. Sur Dieu ? Cela dépend des mystiques, et j'ai un faible pour les moins religieux d'entre eux. Au reste, quand Dieu même a cessé de manquer, peut-on encore parler de religion ? Si je me suis tellement intéressé aux mystiques orien-tales, spécialement bouddhistes, c'est que j'y retrouvais cette spiritualité purement imma-nente (sans autre monde, sans espérance ni foi) dont Spinoza déjà, à sa façon, qui est concep-tuelle, m'avait indiqué le chemin. Le livre V de l'*Éthique* dit ici des choses décisives, que nos universitaires, le plus souvent, se hâtent d'oublier... Les quelques expériences que vous évoquez, même très simples et ordinaires comme elles étaient, m'ont aidé à prendre Spi-noza au sérieux, jusqu'en ces ultimes et déran-geantes propositions de l'*Éthique*. « Nous sentons et expérimentons que nous sommes éternels... » Disons qu'il m'est arrivé de l'*ex-périmenter*, en effet, quelque peu. Mais quelle éternité ? Non pas, bien sûr, celle d'une autre vie ou d'un autre monde. L'éternité, c'est maintenant : ce n'est pas un avenir qui nous est promis, c'est le présent même qui nous est offert. On pourrait à nouveau citer Wittgenstein : « Si l'on entend par éternité, non pas une durée temporelle infinie, mais l'intemporalité, alors celui-là vit éternellement qui vit dans le présent. » Or comment vivrait-on autrement, ou ailleurs ? L'éternité est notre lieu à tous, et le seul. Mais nos discours nous en séparent, comme nos désirs, comme nos espérances... Au fond, nous ne sommes séparés de l'éternité que par nous-mêmes. De là cette simplicité, quand l'*ego* se dissout : il n'y a plus que tout, et peu importe alors le nom (« Dieu », « Nature », « Être »...) que certains voudront lui donner. Quand il n'y a plus que tout, à quoi bon les mots, puisque le tout est sans nom ? L'esprit du Tao souffle ici, et cette grande folie de l'Orient m'importe davantage que nos petites sagesses... Le silence et l'éternité vont ensemble : rien à dire, rien à attendre, puisque tout est là.

Sagesse de l'instant ? Sagesse du solitaire ?

L'un et l'autre, et aucun des deux. Sagesse du présent, certes, et je veux bien que tout présent soit instantané. Mais enfin nous durons, d'instant en instant, et c'est ce que signifie exister. « Le dur désir de durer », disait Éluard : peu de phrases rendent aussi bien, me semble-t-il, le vrai goût de la vie... Il ne s'agit pas de vivre, comme l'animal selon Nietzsche, attaché « au piquet de l'instant ». Ni de s'abêtir dans le *no future* des punks ou des idiots. On ne peut pas vivre dans l'instant, puisque la vie est durée. Bergson, ici, a dit l'essentiel, et il est sans doute impossible, quand on vit, de n'être pas du tout bergsonien. Le tout qui nous est donné *dure*, et nous avec, et nous dedans : ce n'est pas l'instant qu'il faut cueillir, mais l'éternel présent de ce qui dure et passe. C'est où mystiques, poètes et philosophes se rencontrent. *« Carpe diem »*, disait Horace ; mais ce jour cueilli, ou recueilli, s'il est vécu en vérité, c'est l'éternité même. Au fond, c'est ce que Christian Bobin appelle *le huitième jour de la semaine*, qui n'est pas un jour de plus, bien sûr, mais l'éternité de chaque. Ici, maintenant :

la fugitive et pérenne éternité du devenir !
Sagesse de l'instant ? Si vous voulez, mais de
cet instant éternel qu'est la durée. *Carpe æter-
nitatem...*

Quant à la solitude, c'est évidemment notre
lot à tous : le sage n'est plus proche de la sienne
que parce qu'il est plus proche de la vérité. Mais
la solitude n'est pas l'isolement : certains la
vivent en ermite, certes, dans une grotte ou un
désert, mais d'autres, aussi bien, dans un
monastère, et d'autres encore — les plus nombreux — dans la famille ou la foule... Être isolé,
c'est être sans contacts, sans relations, sans
amis, sans amours, et bien sûr c'est un malheur.
Être seul, c'est être soi, sans recours, et c'est la
vérité de l'existence humaine. Comment serait-
on quelqu'un d'autre ? Comment quelqu'un
pourrait-il nous décharger de ce poids d'être
soi ? « L'homme naît seul, vit seul, meurt
seul », disait le Bouddha. Cela ne veut pas dire
qu'on naisse, vive et meure dans l'isolement !
La naissance, par définition, suppose une rela-
tion à l'autre : la société est toujours déjà là,
l'intersubjectivité est toujours déjà là, et elles ne
nous quitteront pas. Mais qu'est-ce que cela
change à la solitude ? Dans les *Pensées*, de

même, lorsque Pascal écrit : « On mourra seul », cela ne veut pas dire qu'on mourra isolé. Au XVIIe siècle, ce n'était presque jamais le cas ; dans la pièce où l'on mourait, il y avait ordinairement un certain nombre de personnes : la famille, le prêtre, des amis... Mais on mourait seul, comme on meurt seul aujourd'hui, parce que personne ne peut mourir à notre place. C'est pourquoi aussi l'on vit seul : parce que personne ne peut le faire à notre place. L'isolement, dans une vie humaine, est l'exception. La solitude est la règle. Personne ne peut vivre à notre place, ni mourir à notre place, ni souffrir ou aimer à notre place. C'est ce que j'appelle la solitude : ce n'est qu'un autre nom pour l'effort d'exister. Personne ne viendra porter votre fardeau, personne. Si l'on peut parfois s'entraider (et bien sûr qu'on le peut !), cela suppose l'effort solitaire de chacun, et ne saurait — sauf illusions — en tenir lieu. La solitude n'est donc pas refus de l'autre, au contraire : accepter l'autre, c'est l'accepter *comme autre* (et non comme un appendice, un instrument ou un objet de soi !), et c'est en quoi l'amour, dans sa vérité, est solitude. Rilke a trouvé les mots qu'il fallait, pour dire cet amour dont nous avons besoin, et dont nous ne sommes que si rarement capables : « Deux solitudes se protégeant, se complétant, se limitant, et s'inclinant l'une devant l'autre »... Cette beauté sonne vrai. L'amour n'est pas le contraire de la solitude : c'est la solitude partagée, habitée, illuminée — et assombrie parfois — par la solitude de l'autre. L'amour est solitude, toujours, non que toute solitude soit aimante, tant s'en faut, mais parce que tout amour est solitaire. Personne ne peut aimer à notre place, ni en nous, ni comme nous. Ce désert, autour de soi ou de l'objet aimé, c'est l'amour même.

Solitude du sage, solitude de l'amour... Dans vos livres, vous évoquez aussi la solitude de la pensée (à propos de la « philosophie à la première personne »), la solitude de la morale, la solitude de l'art... Nulle place pour une dimension sociale, dans tout cela ?

Bien sûr que si ! Sagesse, pensée, morale, amour... tout cela n'existe que dans une société. Il n'y a pas de sagesse à l'état de nature, pas de pensée à l'état de nature, pas de morale, pas d'amour, pas d'art à l'état de nature ! Donc tout est social, et par là tout est politique, comme nous disions en 1968. Nous avions raison : c'était vrai, cela l'est toujours. Mais si tout est politique, la politique n'est pas tout. Si tout est social, la société n'est pas tout. La solitude demeure, pas à côté de la société, mais en elle, et en nous. Chacun sait bien que la société n'est pas le contraire de la solitude, ni la solitude le contraire de la société. Le plus souvent, nous sommes à la fois *tout seuls* et *tous ensemble*. Voyez nos villes, nos HLM, nos lotissements... La société moderne rassemble les hommes plus qu'aucune ne l'a jamais fait, ou du moins elle les rapproche, elle les regroupe, mais la solitude n'en est que plus flagrante : on se sent seul dans l'anonymat des grandes villes davantage que sur la place de son village... Personnellement, j'aime assez ça ; la solitude m'angoisse moins que l'étroitesse, et si j'aime la campagne, je me méfie des villages. Davantage de solitude, c'est aussi davantage de liberté, de possibilités, d'imprévu... Dans une grande ville, personne ne vous connaît, et cela dit la vérité de la société et du monde : l'indifférence, la juxtaposition des égoïsmes, le hasard des ren-

contres, le miracle, parfois, des amours... Mais
ce n'est pas l'amour qui fait fonctionner les
sociétés : c'est l'argent, bien sûr, l'intérêt, les
rapports de force et de pouvoir, l'égoïsme, le
narcissisme... Voilà la vérité de la vie sociale.
C'est le *gros animal* de Platon, dirigé par le
Léviathan de Hobbes : la peur au service de
l'intérêt, la force au service des égoïsmes !
C'est ainsi, et il est vain de s'en offusquer. Ce
serait même malhonnête : de cette société, nous
profitons aussi. Ce qu'il a fallu d'égoïsmes bien
réglés pour que je reçoive mon salaire, tous les
mois, et que je puisse le dépenser tranquille-
ment ! La régulation des égoïsmes, tout est là :
c'est la grande affaire de la politique. Ne nous
racontons pas d'histoires. Si les gens travaill-
lent, s'ils paient leurs impôts, s'ils respectent à
peu près la loi, c'est par égoïsme, toujours, et
sans doute par égoïsme seulement, le plus souvent. L'égoïsme et la socialité vont ensemble :
c'est Narcisse au Club Méditerranée. Inversement, tout courage vrai, tout amour vrai, même
au service de la société, suppose ce rapport
lucide à soi, qui est le contraire du narcissisme
(lequel est un rapport non à soi mais à son
image, par la médiation du regard de l'autre) et

que j'appelle la solitude... L'égoïsme et la socialité vont ensemble ; ensemble la solitude et la générosité. Solitude des héros et des saints : solitude de Jean Moulin, solitude de l'abbé Pierre... Cela vaut aussi pour l'art ou la philosophie. Montaigne est évidemment un solitaire. Cela ne l'a pas empêché d'assumer ses responsabilités sociales (il fut maire de Bordeaux) et de savoir jouir, mieux qu'aucun autre, des charmes et des plaisirs de la convivialité. Combien fuient la solitude, au contraire, qui sont incapables d'une vraie rencontre ? Celui qui ne sait vivre avec soi, comment saurait-il vivre avec autrui ? Celui qui ne sait habiter sa propre solitude, comment saurait-il traverser celle des autres ?

Narcisse a horreur de la solitude, et cela se comprend : la solitude le laisse face à son néant, où il se noie. Le sage au contraire a fait de ce néant son royaume, où il se perd et se sauve : pas d'*ego*, pas d'égoïsme ! Que reste-t-il ? Le monde, l'amour : tout. Quant à nous, nous faisons ce que nous pouvons, entre ces deux extrêmes : plus ou moins narcissiques, plus ou moins sages, selon les moments et les circonstances de la vie. Mais chacun sait bien de quel côté nous pousse la société, surtout aujourd'hui (ce n'est pas par hasard qu'on l'appelle société de consommation !), et à quoi nous appelle la solitude...

Solitude vraie, illusion de la vie sociale... Ou encore : valeurs individuelles, conventions communes... Cependant, quelle place faites-vous à une valeur : le respect d'autrui, qui me semble échapper à cette radicale distinction, puisqu'elle engage autant l'individu — la nécessité d'une reconnaissance sociale — que le citoyen — la garantie sociale (du moins en démocratie) de sa liberté ? Autrement dit, ne suis-je pas libre qu'à condition de respecter la liberté d'autrui ?

Est-on libre jamais ? Je laisse de côté la liberté politique, bien sûr décisive, que la démocratie permet à peu près. Mais il y a des esprits libres dans les régimes totalitaires ; et des esprits soumis ou aliénés dans les démocraties... C'est dire que la liberté intérieure n'est jamais reçue, purement et simplement, de la société. Elle n'est pas davantage innée, ni totale. Le libre arbitre m'a toujours paru une fiction impensable : une volonté indéterminée, qui pourrait vouloir n'importe quoi, ce ne serait plus une volonté, ou elle ne voudrait rien ! Tout au plus peut-on se libérer quelque peu des déterminations, ou de certaines d'entre elles, qui pèsent sur nous... Travail infini : il faudrait se libérer de soi, et c'est ce qu'on ne peut...

Quant au respect d'autrui, c'est bien sûr une valeur sociale, comme toutes les valeurs. Mais elle n'est appliquée ou vécue — comme toutes les valeurs ! — que par les individus. Je ne vois rien là qui en fasse une valeur différente des autres... Ne vous méprenez pas sur ce que j'entends par solitude : le rapport à autrui en fait évidemment partie, tous les amants le savent, et chacun d'entre nous. Ce que vous vivez avec votre meilleur ami, vous le vivez seul : lui vit autre chose. Et deux orgasmes, même simultanés, n'en sont pas moins deux. Comment vivre ce que l'autre a vécu ? Comment sentir ce qu'il sent, éprouver ce qu'il éprouve ? Cela n'empêche pas de s'aimer, ni d'être ensemble, mais dissuade de rêver d'un amour qui mettrait fin (par quel miracle ?) à la séparation ou à la solitude. Il faut être deux pour s'aimer, au moins deux, et l'amour ne saurait abolir cette pluralité qu'il suppose. Cela vaut dans tous les domaines de l'existence. La solitude et la socialité ne sont pas deux mondes différents, mais deux rapports différents au monde, d'ailleurs l'un et l'autre nécessaires, et constituant ensemble ces *sujets* que nous sommes, ou que nous croyons être. La solitude, encore une fois, n'est pas à côté de la société, mais en elle. Elle n'en est pas moins solitude pour autant : toute vie est sociale, mais ce ne sont pas les sociétés qui vivent... Quant à l'idée que je ne suis libre qu'à la condition de respecter la liberté d'autrui, cela me paraît une tarte à la crème, qui correspond tellement à ce que chacun souhaiterait que je m'en méfie quelque peu. S'il faut respecter la liberté des autres, ce n'est pas pour être libre, mais pour qu'eux le soient, ou puissent l'être.

Mais son caractère de réciprocité fait bien du respect d'autrui une valeur qui crée l'individu : je ne suis que sous le regard de l'autre, que je regarde aussi comme sujet...

Non, puisque l'individu existe quand bien même je ne le respecte pas ! Le corps suffit : un individu, c'est d'abord cela qui vit, qui souffre, qui va mourir... Ces bébés assassinés, dans les camps nazis, ce n'étaient pas des individus peut-être ? Le respect n'est donné que par sur-croît, comme l'amour, comme le bonheur. Mais il y a d'abord ce corps vivant et mortel : le respect lui est dû, il ne le crée pas.

Un homme, ce n'est qu'un corps ?

En tout cas, c'est d'abord un corps ! Maté-rialisme strict, ici, et de sauvegarde. Qu'est-ce qu'un homme ? Un animal qui pense ? qui parle ? qui rit ? Rien de tout cela, car alors les débiles profonds ne seraient pas des hommes et nous n'aurions vis-à-vis d'eux aucun devoir spécifique : nous pourrions nous en débarras-ser, ou les mettre dans des zoos... Contre cette horreur, l'espèce impose sa loi, qui est de filia-tion : homme, parce que fils de l'homme ! Cela suffit, non certes pour avoir les devoirs d'un homme (il n'est de morale que par la culture : il n'est de morale que pour l'esprit), mais pour en avoir les droits. On a beaucoup

dit, dans les années soixante, qu'il n'y avait
pas de nature humaine. Si c'était aussi simple,
pourquoi tant s'inquiéter, aujourd'hui, des
manipulations génétiques ? En vérité chacun
sait bien qu'il y a une nature de l'homme, et
que cette nature, c'est son corps : la nature en
moi, c'est tout ce que j'ai reçu (et tout ce que
je peux transmettre) par l'hérédité ; or on sait
de plus en plus à quel point c'est considérable...
J'accorde pourtant que cela ne constitue pas à
proprement parler une nature humaine : non
qu'il n'y ait rien de naturel en l'homme, mais
en ceci que cette nature ne fait encore de nous
qu'une espèce particulière d'animaux. Ce qui
est naturel en l'homme n'est pas humain ; ce qui
est humain n'est pas naturel. Ou plus exactement, il faut distinguer l'humanité biologique
(la filiation selon la chair : la nature de
l'homme) et l'humanité historique (la filiation
selon l'esprit : la culture). La première, que
transmet l'hérédité, suffit à me donner des
droits ; mais seule la seconde, que transmet
l'éducation, me donne des devoirs — à
commencer par celui de respecter la première !
Ou plus exactement encore, c'est seulement du
point de vue de la seconde que la factualité de

la première (l'appartenance biologique à l'espèce) devient source de droit. L'humanité est à la fois un fait biologique et un fait culturel : cette croisée des chemins, entre nature et culture, c'est l'homme même. Qu'est-ce qui est premier ? La nature, évidemment. Mais seule la culture impose de la respecter...

Le philosophe, le militant, le citoyen, ne doit-il participer à la vie politique que pour espérer voir triompher ses propres valeurs ? Les réflexions et débats, sur la bioéthique, par exemple, n'illustrent-ils pas la nécessité d'une pensée sociale, comme la réalité d'une vie — d'une survie — de la société ?

Les valeurs ne triomphent jamais : le combat est toujours à reprendre... Quant aux débats sur la bioéthique, ils relèvent surtout de la nécessité de légiférer, et des embarras bien compréhensibles du législateur. Il y a là des problèmes nouveaux, difficiles, dont les enjeux sont considérables. Qu'il faille en discuter, qui le nierait ? Si c'est ce que vous appelez « pensée sociale », je n'en contesterai pas l'existence — et d'autant moins que je participe à beaucoup de débats de ce genre ! Mais faute d'avoir jamais vu une société penser (il n'y a que les individus qui pensent), ce n'est pas le mot pourtant que j'utiliserai : j'aime mieux parler de démocratie. Qu'elle n'aille pas sans débats, c'est une évidence. Mais que vaudraient les débats sans la réflexion des citoyens ? J'irai plus loin : s'il y avait une « pensée sociale », comme vous dites, la sociologie ou les sondages d'opinion pourraient tenir lieu de démocratie. Mais alors, c'en serait fini de la république : il n'y aurait plus que la dictature du *gros animal*, comme dit Platon, autrement dit de la foule, de la simple sommation des égoïsmes individuels ou corporatistes... La république, c'est autre chose : il ne s'agit pas d'additionner des opinions, mais de forger une volonté !

La volonté... du peuple ?

Oui. En un sens, ce n'est qu'une abstraction, puisqu'il n'y a que les individus, à nouveau, qui puissent vouloir quoi que ce soit. Mais la démocratie, par le suffrage universel, *réalise* cette abstraction. Rousseau est indépassable ici. Le peuple n'est peuple qu'autant qu'il est souverain : il se donne l'être en affirmant sa volonté. Hors de quoi il n'y a que la multitude, et rien n'est moins démocratique qu'une multitude. Le *gros animal* préfère les démagogues ; c'est pourquoi les citoyens doivent résister au gros animal. Les démocraties n'échappent au populisme que par cet effort en chacun de penser. La démocratie est donc à la charge des citoyens. Allons au bout du paradoxe : le peuple (comme souverain) nous est confié à tous (comme citoyens), le peuple n'existe que sous la sauvegarde des individus ! Si nous l'abandonnons à lui-même, ce n'est plus un peuple : c'est une foule, une masse, une multitude, dont on peut craindre le pire. Le peuple, par exemple, s'est donné des tribunaux, des parlements, des scrutins... La foule ne sait que lyncher ou acclamer. Il faut donc perpétuellement défendre le peuple (et défendre les individus) contre la foule — et spécialement, aujourd'hui, contre cette foule médiatique qu'on appelle l'opinion publique. C'est le *gros animal* vautré derrière la télé, et toujours prêt à donner raison aux démagogues ou aux populistes... Quoi de plus bête que l'audimat ? Le suffrage universel, c'est tout autre chose. Non un spectacle, mais un acte. Non un public, mais des citoyens. Il faut donc faire de la politique, et l'on ne peut en faire qu'à plusieurs : s'informer, réfléchir, discuter, s'organiser, agir. Il n'y aura pas de liberté autrement, pas de justice autrement. Tel est le sens le plus élevé de la démocratie, et ce qu'exprime, me semble-t-il, l'idée de république. Vous voyez que la solitude n'est pas une tour d'ivoire...

Perte de la foi, renoncement à l'idéal communiste : dés-espoir, dites-vous. Mais cette quête de sagesse et surtout de la Vérité, avec un V majuscule, n'est-ce pas là encore un idéal, le « Dieu » qui manquerait au matérialiste ?

C'est vous qui mettez cette majuscule, pas moi ! Je n'en mets jamais, d'ailleurs, à aucun mot, sauf quand l'usage l'impose absolument, comme pour « Dieu », justement, ou pour « État »...

Mais une remarque d'abord, sur le désespoir.

En effet, il y eut ce que vous évoquez : la

perte de la foi religieuse, l'échec patent de l'utopie communiste et de nos tentatives pour la rénover de l'intérieur... Mais cela, c'est mon histoire : beaucoup ont vécu autre chose, parcouru d'autres chemins, qui eurent à affronter, en conséquence, d'autres déceptions... L'important est de ne pas se mentir sur la vie, de ne pas négliger ses leçons. Or, quelle leçon plus claire que celle-ci : que toute espérance est déçue, toujours ? Souvent c'est parce qu'elle n'est pas satisfaite, et chacun en connaît le goût, qui est de frustration. Mais il arrive aussi, et ce n'est pas le plus facile à vivre, qu'une espérance soit déçue *parce qu'elle a été satisfaite*, et qu'il faut bien constater que sa satisfaction échoue à nous donner le bonheur que nous en attendions... C'est Bernard Shaw, je crois, qui disait qu'il y a deux catastrophes dans l'existence : la première, c'est quand nos désirs ne sont pas satisfaits ; la seconde, c'est quand ils le sont... Nous oscillons ordinairement entre les deux, et c'est ce qu'on appelle l'espérance. « Qu'est-ce que je serais heureux si... » Et tantôt le *si* ne se réalise pas, et l'on est malheureux, tantôt il se réalise, et l'on n'est pas heureux pour autant. De là la grande formule de Woody Allen : Qu'est-ce que je serais heureux si j'étais heureux ! » Il ne l'est donc jamais, ni ne peut l'être, puisqu'il espère toujours le devenir... C'est notre vie à tous. « Ainsi nous ne vivons jamais, disait Pascal, nous espérons de vivre... » Et il ajoutait : « Si bien que nous disposant toujours à être heureux, il est inévitable que nous ne le soyons jamais. » Je ne veux pas m'attarder là-dessus : j'y ai consacré bien des pages... Mais dire simplement ceci : que nous n'avons de bonheur, au contraire, que dans ces moments de grâce où nous n'espérons rien, que nous n'avons de bonheur qu'à proportion du désespoir que nous sommes capables de supporter ! Oui : parce que le bonheur reste notre but, bien sûr, et cela veut dire aussi que nous ne l'atteindrons qu'à la condition d'y renoncer. Je le disais dès mon commencement, je veux dire dès l'introduction du *Mythe d'Icare* : le salut sera *inespéré* ou il ne sera pas. Parce que la vie est décevante, toujours, et qu'on n'échappe à la déception qu'en se libérant de l'espérance. Parce que nos rêves nous séparent du bonheur dans le mouvement même qui le poursuit. Parce que nos désirs sont hors d'état d'être satisfaits, ou hors d'état, lorsqu'ils le sont, de nous satisfaire. Parce que seul un Dieu pourrait nous sauver, en effet, et qu'il n'y a pas de Dieu, et pas de salut. Parce que l'on meurt. Parce que l'on souffre. Parce qu'on a peur pour ses enfants. Parce qu'on ne sait pas aimer sans trembler... C'est la grande leçon du Bouddha : toute vie est douleur, et si nous pouvons nous en libérer, comme il l'enseigne aussi, ce n'est qu'à la condition d'abord de renoncer à nos espérances.

Vous parlez pourtant d'un « gai désespoir »...

Bien sûr, puisque toute tristesse est de déception ! C'est encore la leçon du Bouddha, comme celle d'Épicure, comme celle de Spinoza, comme celle de tous les sages, et c'est une leçon de joie. Laissons de côté tout ce qui les sépare, qui est considérable et vain. Laissons-les de côté, même, les uns et les autres. Et venons-en à l'essentiel. Ceci : l'espérance du bonheur nous en sépare (« qu'est-ce que je serais heureux si... ») et nous voue à la déception, à l'amertume, au ressentiment, pour ce qui concerne le passé, comme à l'angoisse, pour ce qui concerne l'avenir. Inversement, qui renoncerait complètement à être heureux le serait par là même, et lui seul sans doute. Qu'est-ce autre que la sagesse ? Qu'est-ce autre que la sainteté ? Le désespoir et la béatitude vont ensemble, ou plutôt celle-ci est au bout de celui-là : il s'agit de passer de l'autre côté du désespoir, ce qui suppose d'abord qu'on accepte de l'affronter, de l'habiter, de s'y perdre...

Alors, vous me direz : « C'est un nouvel idéal, une nouvelle espérance... » Oui, sans doute, et tant que ce n'est que cela, c'est un rêve encore qui nous sépare de la vie vraie. Il faut donc renoncer à la sagesse aussi. Il y a bien des années, quand je me piquais encore un peu de littérature, je me souviens d'avoir rédigé une nouvelle très courte, la plus courte que j'aie jamais écrite, et dont je crois qu'elle fut aussi la dernière. Elle tenait en une phrase, et devait s'appeler *Le sage*. La voici : « Tout à la fin de sa vie, le sage comprit que la sagesse non plus n'avait pas d'importance. » C'était encore de la littérature. Que la sagesse n'ait pas d'importance, la plupart le comprennent bien avant, qui ne sont sages qu'à cette condition. La sagesse n'est qu'un rêve de philosophe, dont la philosophie doit aussi nous libérer. La sagesse n'existe pas : il n'y a que des sages, et ils sont tous différents, et aucun bien sûr ne croit à la sagesse...

Donc, je reviens à votre question, la sagesse n'est pas une nouvelle religion, ou on ne l'atteint qu'à la condition de cesser d'y croire !

Et la vérité ?

Là, c'est différent. Il ne s'agit pas d'y croire : il s'agit de la connaître. Ou si croyance il y a, comme le montre Hume, c'est en un tout autre sens. Ce n'est pas une croyance religieuse, puisque la vérité ne commande pas, ne juge pas, puisqu'elle ne promet rien, n'annonce rien, puisqu'elle est sans amour et sans pardon — puisque la vérité n'est pas Dieu ! Pascal, comme souvent, a formidablement perçu l'essentiel : « La vérité sans la charité n'est pas Dieu », disait-il. La question est donc de savoir si la vérité et la charité vont ensemble, comme l'enseigne la religion, autrement dit si la vérité nous aime, ou bien si nous devons l'aimer sans retour, d'un amour gratuit, d'un amour désintéressé, d'un pur, d'un très pur et très solitaire amour : si nous devons l'aimer en pure perte et désespérément !

Quant à renoncer à la vérité même, libre à qui le veut d'essayer ; pour ma part, je n'ai jamais pu ! J'ai rencontré trop de vérités, dont plusieurs bien désagréables, qu'il m'était impossible de refuser ou même, comme dit Descartes, de révoquer en doute... Je sais bien que cette impossibilité, en toute rigueur, ne prouve rien, et que les sceptiques par là ont raison. Oui : Montaigne et Hume, au moins sur le statut de la philosophie, voient plus clair que Spinoza. Le *more geometrico* n'est qu'un leurre. La philosophie n'est pas une science, ni ne peut l'être. Et comme la proposition « Les sciences sont vraies », ou « Telle science est vraie », n'est pas une proposition scientifique (ce sont évidemment des propositions philoso-phiques, du moins pour autant qu'un philo-sophe les assume), il n'y a pas de *vérité* scientifique : il n'y a que des *connaissances* scientifiques, toujours relatives, toujours approximatives, toujours provisoires, toujours en quelque chose douteuses ou sujettes à cau-tion... Oui. Mais enfin, je constate aussi que la

pensée n'est possible que sous l'exigence de
vérité, et que, quand bien même cette vérité
n'est jamais donnée absolument, ce que j'accorde volontiers, on ne peut pas non plus (sauf
à tomber dans la sophistique) s'en passer ni
faire comme si elle n'existait pas du tout.
Entre les deux propositions suivantes : « La
Terre tourne autour du Soleil », et « Le Soleil
tourne autour de la Terre », comment douter
que l'une soit *plus vraie* que l'autre ? On
évoque souvent la relativité d'Einstein pour
laisser entendre que toute vérité est relative,
au sens où la relativité s'opposerait à l'objecti-
vité. C'est évidemment un contresens : la théorie d'Einstein n'est pas plus relative, en ce
sens, mais *plus absolue* que celle de Newton !
Est-elle pour autant absolument vraie ? Bien
sûr que non. Ce n'est pas la vérité : ce n'est
qu'une connaissance. Mais si les connaissances ne comportaient aucune part de vérité,
ce ne seraient plus des connaissances du tout,
mais de simples lubies de l'esprit. La physique
relativiste n'est pas *la* vérité (la Vérité avec un
V majuscule, comme vous diriez), mais aucun
physicien ne doute qu'elle soit *plus vraie* que
celle de Newton ou, *a fortiori*, de Ptolémée...

J'ai tort, d'ailleurs, de ne prendre que des exemples scientifiques. La vérité est partout, dans les expériences les plus banales comme dans les plus tragiques. Prenons par exemple le deuil. Celui qui a perdu un être cher, il ne peut douter, ni que cet être ait vécu, ni qu'il soit mort... Que peut la sophistique contre le cercueil d'un enfant ?

Et que peut la philosophie ?

Se soumettre à la vérité, ce qui est le contraire de la sophistique ! Cela ne change rien à la mort, bien sûr, cela ne change rien à l'horreur. Mais la vie continue, et la vérité ; la philosophie continue donc aussi... Or elle finit par changer quelque chose en nous, et au fond cela rejoint ce que Freud appelait le travail du deuil : il s'agit, purement et simplement, d'accepter la vérité. C'est aussi le principe de la cure analytique, sa seule règle (« la vérité, et encore la vérité », disait Freud), son seul fondement. Encore une citation de Freud, si vous voulez, qui date de 1937 : « La situation psychanalytique est fondée sur l'amour de la vérité, c'est-à-dire sur la reconnaissance de celle-ci, ce qui doit exclure toute illusion et toute duperie. » Eh bien, disons que la philosophie (quoique d'un autre point de vue et avec d'autres armes) relève de la même exigence, comme toute pensée digne de ce nom.

Cela dit, l'horreur reste l'horreur, et la philosophie n'est pas là pour l'escamoter... Cette horreur, on y est plus ou moins sensible, et aussi on la rencontre plus ou moins durement... Plus ça va, plus je suis sensible à la part de hasard ou de chance, dans toute vie, à ce que les Anciens appelaient le destin, qui n'est pas autre chose que l'ensemble de tout ce qui arrive, qui sans doute n'était pas inévitable avant (n'était pas « écrit »), mais qui l'est, bien évidemment, dès lors que cela arrive... Avoir un enfant malade ou pas, être plus ou moins heureux en amour ou en affaires, plus ou moins doué pour la vie, plus ou moins sage, plus ou moins fou, être plus ou moins confronté à la mort, plus ou moins tôt, plus ou moins cruellement, avoir plus ou moins de capacités, un métier plus ou moins intéressant, plus ou moins difficile, plus ou moins harassant, souffrir ou pas de tel handicap ou de telle maladie, avoir ou pas, même, de quoi manger,

de quoi se protéger du froid ou de la peur...
Qui en décide ? Qui le choisit ? Il y a ce qui
dépend de nous et ce qui n'en dépend pas,
disaient les stoïciens et ils avaient raison. Mais
ce qui dépend de nous (la volonté, la pensée...)
dépend de mille facteurs qui n'en dépendent
pas. Qui se choisit soi ? Puis le destin est le
plus fort, parce que l'horreur est la plus forte.
Que peut la sagesse pour un enfant qui souffre,
ou pour une mère qui voit mourir son enfant ?
Que peut la sagesse pour tous ceux qui ne sont
pas sages, qui ne le seront jamais ? Et contre
la misère ? contre la guerre ? contre l'oppres-
sion ? Pour des milliards de gens sur terre, et
pas seulement dans les pays sous-développés,
le bonheur n'est pas vraiment à l'ordre du
jour... Je sais bien que la chance ne suffit pas
au bonheur : le bonheur n'est jamais donné
tout fait. Mais aucun bonheur n'est possible
sans la chance, et même, me semble-t-il, sans
une chance considérable... Il convient donc
d'avoir le bonheur modeste, et le malheur
serein : ni l'un ni l'autre ne sont mérités.

À propos de cette sagesse du désespoir, vous évoquez Épicure, les stoïciens et Spinoza, mais aussi le bouddhisme primitif, le Tch'an, le Sâmkhya...

Le désespoir n'a pas de frontières, et la sagesse n'appartient à personne. C'est moins de l'éclectisme qu'une espèce d'expérience humaine, plus profonde et plus importante que l'incommunicabilité des systèmes ou les divergences des écoles. D'ailleurs, depuis que mes premiers livres sont parus, plusieurs lecteurs m'ont signalé tel ou tel texte que j'ignorais, où les mêmes idées, ou des idées voisines, se rencontraient déjà... Cela me réjouit à chaque fois. Ce n'est pas l'originalité que je cherche : une idée que personne n'aurait jamais eue, cela a toute chance d'être une sottise ! Au reste, je dirais volontiers du désespoir ce que Camus disait de l'absurde : que c'est moins un concept qu'une « sensibilité éparse dans le siècle », et dans tous les siècles. Est-ce la même ? Pas tout à fait. Le monde et la vie ne paraissent absurdes que parce qu'ils ne répondent pas à nos espérances. Pour qui n'espère plus, l'absurde disparaît : il n'y a plus que le réel, l'absolue et très simple positivité du réel. Toujours est-il que cette sensibilité du désespoir, on la retrouve éparse, en effet, à travers les siècles et les millénaires, à travers les continents et les civilisations. J'étais en train de terminer le second tome de mon traité, il y a quelques années, quand je suis tombé devant cette phrase du *Sâmkhya-Sûtra*, que citait Mircea Eliade : « Seul est heureux celui qui a perdu tout espoir ; car l'espoir est la plus grande torture qui soit, et le désespoir la plus grande béatitude. » Et j'étais en train d'achever un livre qui s'appelait *Traité du désespoir et de la béatitude*...

Je pourrais multiplier les exemples et les citations. Il y a quelques mois, dans un quotidien, je parcours un article sur Moravia, qui venait de mourir, je crois, dans lequel le journaliste reproduisait les termes d'une interview datant d'il y a quelques années, à propos d'un roman où Moravia abordait le thème du suicide. J'ai découpé l'article. Voici ce que disait Moravia : « J'ai beaucoup pensé au suicide entre 1975 et 1980. Mais j'ai fini par croire qu'il ne faut pas mourir de désespoir. Au contraire. Il faut en vivre. Comme un stoïcien.

Ou même comme un chrétien... Il faut vivre à tout prix. Et se nourrir de désespoir plutôt que de vouloir toujours en mourir. » Moi, le suicide ne m'a jamais tenté, et il se trouve qu'encore aujourd'hui je n'ai lu aucun livre de Moravia. Mais je relis souvent ces quelques phrases : elles m'aident à vivre...

Une autre fois c'est un journaliste, en direct à la radio, qui me cite la phrase suivante, me demandant si j'en connais l'auteur : « Je n'espère rien, je ne crains rien : je suis libre. » Je crois reconnaître une formule d'un philosophe cynique de l'Antiquité, Démonax, chez qui on trouve en effet une idée très voisine (« Seul est libre celui qui n'a rien à espérer ni rien à craindre »). Mais non : il s'agit, m'apprend le journaliste, d'une phrase d'un écrivain du XXᵉ siècle, Nikos Kazantzakis, dont j'avais tant aimé, dans mon adolescence, *Zorba le Grec* et *Le Christ recrucifié*... De Démonax à Kazantzakis, c'est la même langue, le grec, et presque la même idée, ce que j'appelle le désespoir : cette rencontre, à travers tant de siècles, me réjouit et m'éclaire.

Et puis il y a deux ou trois jours, un ami, ou plutôt un lecteur qui est devenu un ami (cela

arrive !), m'envoie la photocopie d'une interview de Merab Mamardachvili, ce philosophe
géorgien mort à Moscou en 1990. Inutile de
vous dire que je n'ai rien lu de ce monsieur,
dont rien d'ailleurs, jusqu'à très récemment,
n'était traduit. Mais dans cet entretien, après
avoir évoqué « le silence et la solitude » (vous
voyez : je ne suis pas le seul !), Mamardachvili
en vient à parler du désespoir. On lui demande
si l'avenir ne l'inquiète pas. Il répond : « Non,
je n'ai pas peur. Je suis plutôt joyeux... Philosophe par tempérament et non par profession,
toute ma vie j'ai vécu sans espoir. Si l'on a
franchi le point limite du désespoir, alors
désormais devant soi s'ouvre une plaine
sereine, je dirais même joyeuse. On est d'une
humeur égale et l'on peut être joyeux... » Ces
phrases me touchent. C'est le contraire des
lendemains qui chantent, des utopies, des religions, de toutes ces espérances qui nourrissent
les guerres et les fanatismes... Cet inconnu
m'est comme un frère. « Il n'y a pas d'espoir
sans crainte ni de crainte sans espoir », disait
Spinoza. Je dirais de même : il n'y a pas de
sérénité sans désespoir, ni de vrai désespoir
sans une part de sérénité.

Ce désespoir que vous évoquez, ce déses-poir serein, n'est-ce pas plutôt de l'inespoir ? Vous utilisez d'ailleurs ce mot, au moins une fois, avant d'y renoncer...

C'est une question qu'on m'a souvent posée. Le mot de désespoir, en français, véhi-cule une telle charge de tristesse... Mais il se trouve que le mot d'*inespoir* ne s'est pas imposé, et j'ai horreur des néologismes. Sur-tout, parler d'*inespoir*, ce serait laisser entendre que l'on peut s'installer d'emblée dans cet état serein, que l'on peut faire l'éco-nomie de la déception, de la désillusion, de la souffrance... et je n'en crois rien. L'espoir est toujours premier ; il faut donc le perdre (c'est ce qu'indique le mot de désespoir), et c'est toujours douloureux. Le désespoir est un tra-vail, comme le deuil chez Freud, et au fond c'est le même. Que tout le monde préfère le mot d'*inespoir*, je le comprends bien ; ce serait tellement mieux si l'on pouvait se passer du travail, de la souffrance, de la désillusion ! L'*inespoir* serait comme une sagesse toute faite : ce serait un deuil sans travail. Mais cela, ce n'est pas possible, et c'est un deuil encore à faire... C'est pourquoi j'ai gardé ce mot de désespoir. Il indique au moins la difficulté du chemin... J'observe d'ailleurs que le mot de deuil, chez Freud, manifeste la même ambiguïté, la même hésitation, qui est celle de la vie, la même tension, le même cheminement : que la joie ne redevient possible que de l'autre côté de la souffrance, comme le bonheur ne l'est, me semble-t-il, que de l'autre côté de la désillusion. Nous ne ferons pas l'économie du deuil ; nous ne ferons pas l'économie du désespoir.

On dit pourtant que l'espoir fait vivre...

Oui, et ce n'est pas tout à fait faux ! Je veux dire que beaucoup ne peuvent supporter leurs déceptions successives qu'à la condition de s'en consoler, à chaque fois, par de nouvelles espérances... La vie continue ainsi, d'espérances en déceptions, de déceptions en espérances... Je ne les condamne pas : chacun se débrouille comme il peut. Mais si l'espoir fait vivre, en effet, il fait vivre mal : à force d'espérer vivre, on ne vit jamais, ou bien on ne vit que cette alternance d'espérances et de déceptions, dans laquelle la peur (puisqu'il n'y a pas d'espoir sans crainte) ne cesse de nous étreindre... Mieux vaudrait sortir de ce cycle, et au fond c'est ce que j'appelle la sagesse ou le désespoir. En vérité, ce n'est pas l'espérance qui fait vivre, c'est le désir, dont l'espérance n'est qu'une des formes, non la seule ni la principale !

Quelles sont les autres ?

Il y a d'abord le désir physique, par exemple sexuel, ce qu'on pourrait appeler l'appétit, ou l'appétence, qui est moins un manque, contrairement à ce qu'on croit souvent, qu'une pure puissance d'exister (comme dit Spinoza) ou de jouir. Qu'elle puisse s'accompagner d'espérance, c'est entendu, mais ce n'est pas une fatalité. Le corps nous apprend plutôt ce qu'il y a de désespéré, et souvent de joyeusement désespéré, dans le désir. L'érection, ce n'est pas une espérance ! Et manger de bon appétit, ce n'est pas la même chose qu'espérer manger !

Puis il y a l'amour et la volonté.

La différence entre la volonté et l'espérance, c'est qu'on n'espère que ce qui n'est pas en notre pouvoir, alors qu'on ne peut vouloir que dans le champ d'une action immédiatement possible. Pour parler comme les stoïciens : on n'espère que ce qui ne dépend pas de nous ; on ne veut que ce qui en dépend. Essayez un peu d'espérer marcher... Cela n'a jamais fait bouger personne ! D'ailleurs, qui espérerait marcher, hormis le paralytique ? Nul n'espère ce dont il se sait capable, et cela en dit long sur l'espérance. Ce n'est qu'impuissance de l'âme, disait Spinoza, et tel était déjà le cœur du stoïcisme, son cœur toujours vivant. « Quand tu auras désappris à espérer, disait à peu près Sénèque, je t'apprendrai à vouloir... » En vérité les deux vont de pair : on espère d'autant plus qu'on est moins capable d'action, et d'autant moins qu'on sait agir davantage.

Pour ce qui est de l'amour, la différence est autre. On n'espère que l'irréel ou l'inconnu ; on n'aime que le réel, et à condition seulement de le connaître au moins en partie. Comment aimerait-on ce qui n'existe pas ou qu'on ignore tout à fait ? Comment aimer, par exemple, les enfants qu'on n'a pas encore ? C'est aimer ses espérances, et l'on n'aime alors que soi... Il y aura d'ailleurs tout un travail à faire, pour passer de cet amour narcissique des enfants rêvés à celui, autrement plus riche et difficile, des enfants réels... Travail du deuil ? Sans doute, mais c'est aussi bien le travail de l'amour, ou l'amour même comme travail. Il y a du désespoir en tout amour, et d'autant plus qu'on se fait moins d'illusions. « Il faut aimer les gens tels qu'ils sont », dit-on souvent. Certes, mais on n'a pas le choix ! Il faut les aimer tels qu'ils sont ou ne les aimer pas, les aimer tels qu'ils sont ou n'aimer que ses propres rêves, les aimer tels qu'ils sont ou les espérer autres et leur reprocher toujours de nous décevoir... L'espérance et la rancœur vont ensemble, ensemble l'amour et la miséricorde.

Cela indique le chemin. Il ne s'agit pas du tout, contrairement à ce que certains ont cru comprendre, de renoncer au désir. Si le désir est l'essence même de l'homme, comme disait Spinoza et comme je le crois, comment pourrait-on y renoncer et pourquoi le faudrait-il ? Cesser de désirer, ce serait cesser de vivre ! Il ne s'agit pas de supprimer le désir, mais plutôt de le transformer, de le convertir, d'en libérer au mieux la puissance : désirer un peu moins ce qui manque, un peu plus ce qui est ; désirer un peu moins ce qui ne dépend pas de nous,

un peu plus ce qui en dépend... Bref, il s'agit
d'espérer un peu moins et de vouloir un peu
plus (pour tout ce qui dépend de nous), d'espérer un peu moins et d'aimer un peu plus (pour
tout ce qui n'en dépend pas)... C'est le chemin
de la sagesse, et c'est une sagesse de l'action,
et c'est une sagesse de l'amour. Il s'agit d'apprendre à se déprendre, ou, comme dit Spinoza, de se rendre « moins dépendant » de
l'espoir et de la crainte... On n'en a jamais
fini, évidemment, et c'est pourquoi nul n'est
sage en entier. Mais la sagesse est déjà dans
le chemin qui y mène. Il s'agit de vivre, en un
mot, au lieu d'espérer vivre...

   Cela nous ramène à notre commencement.
Qu'est-ce que philosopher ? C'est apprendre à
vivre, et si possible avant qu'il ne soit trop
tard ! Mais je m'exprime mal. Il est toujours
trop tard, en un sens, le poète a raison, et pourtant jamais trop tôt ni trop tard, comme disait
Épicure : la vie ne cesse de s'apprendre elle-
même, de s'inventer elle-même, jusqu'à la fin,
et la philosophie n'est qu'une des formes, en
l'homme, de cet apprentissage ou de cette
invention. C'est donc la vie qui vaut. La philosophie n'a d'importance qu'autant qu'elle se

met à son service : c'est la vie pensée en action et en vérité.

Et la sagesse ?

C'est la vie *vécue*, ici et maintenant, en action et en vérité ! Autrement dit, c'est notre vie réelle, telle qu'elle est : la vraie vie, la vie vraie... Mais nous en sommes séparés, presque toujours, par nos discours sur elle (et notamment par nos discours philosophiques !), par nos espérances, par nos rêves, par nos frustrations, par nos angoisses, par nos déceptions... C'est cela qu'il faudrait traverser, dépasser, dissiper. La sagesse n'est pas une autre vie, qu'il faudrait atteindre : c'est la vie même, la vie simple et difficile, la vie tragique et douce, éternelle et fugitive... Nous y sommes déjà : il ne reste qu'à la vivre.

Violence et douceur

Entretien avec Judith Brouste

Longtemps j'ai cru que j'aimais la littérature. Toute la littérature, et surtout le roman. Et puis un jour, j'ai lu Kafka, et il y a eu comme un déchirement du récit, j'ai perçu le cœur du livre, à vif, l'expérience vivante — ou rêvée — de l'homme qui écrit.

Alors j'ai su que j'aimais le « noyau dur » du roman. Ce qui l'avait engendré. Les romans, les histoires construites peuvent être belles, distrayantes, intelligentes. Elles sont vaines si elles ne sont pas les effets d'une nécessité intérieure. Peut-on aussi percevoir, éprouver cela en philosophie ? N'est-ce pas cette histoire, cette face cachée, cette souffrance inconnue qui t'attache à des hommes comme Montaigne ou Pascal ?

*André, qu'est-ce qui t'a fait naître à la phi-
losophie ?*

Le roman, peut-être bien ! Et puis la lassi-
tude des romans... Tu sais, j'ai d'abord aimé
la littérature, follement : c'était pour moi la
vraie vie en effet (comme dit Proust, mais je
ne l'avais pas encore lu), et la seule qui vaille.
Adolescent, j'ai dévoré des livres qu'on ne lit
plus guère, me semble-t-il : Martin du Gard,
Koestler, Somerset Maugham... Gide aussi, et
puis Sartre, et puis Céline, et puis Proust,
enfin, vers dix-huit ans... En fait, j'ai lu je ne
sais combien de romans, et comme je voulais
être écrivain, c'était des romans aussi que je
voulais écrire... Il se trouve, je m'en suis rendu
compte assez vite, que c'est un talent que je
n'ai pas. Inventer des histoires, des person-
nages, tout cela, qui fait le sel des romans que
j'admirais (j'ai oublié de dire que les premiers
romans qui m'avaient fasciné, et bien avant
l'adolescence, c'étaient ceux de Dumas), tout
cela, donc, je m'en sentais incapable. Manque
d'imagination, sans doute, ou excès de scru-
pules... Il faut dire que l'admiration même que
je ressentais pour quelques très grands roman-

ciers — spécialement pour Céline et Proust —
me poussait à renoncer : avec ceux-là, je ne
me sentais pas capable de rivaliser... Mais il y
eut aussi autre chose. J'ai bien dû constater, à
la longue, que des romans, j'en lisais de moins
en moins, et avec de moins en moins de plaisir, de moins en moins de foi... La philosophie
s'était glissée là, mais pas seulement la philosophie : la vie aussi, la vie surtout, la vie toute
simple, toute vraie, et tellement difficile ! À
côté de quoi les romans m'ont paru menson-
gers, presque tous, ou ennuyeux et dérisoires.
À quoi bon inventer des histoires ? À quoi bon
toutes ces phrases, toutes plus jolies et plus
inutiles les unes que les autres ? Quand on est
très jeune, les romans sont utiles : il faut bien
rêver la vie, avant de la vivre. Mais après ? La
vie est un roman suffisant, non ? Je n'en fais
pas un point de doctrine. Libre à qui le veut,
bien sûr, d'aimer les romans. Mais pourquoi
serais-je tenu de partager ce goût ou cette passion ? Il y a bien longtemps, même, que je ne
relis plus Proust ou Flaubert. Les poètes, oui.
Les journaux intimes, les mémoires, les cor-
respondances, oui aussi, parfois. Mais les
romans, non. Je parcours tout juste ceux que

je reçois : il est bien rare que j'aille au-delà de quelques pages. Le plus souvent j'ai l'impression que ces romans ne se justifient que par l'envie très forte qu'avait l'auteur de publier un livre... Grand bien lui fasse, mais que m'importe ? S'il a quelque chose d'important à dire, que ne le dit-il tout de suite ? Pourquoi tous ces détours, tous ces déguisements ? Très vite, je renonce. La vie est trop brève, la campagne trop belle, le travail trop prenant, les enfants trop présents... J'ai toujours autre chose à faire. Un roman, ce n'est jamais qu'un divertissement, dirait Pascal, et j'en connais de tellement plus agréables !

Tiens, tu vois, me voilà déjà à Pascal, et à l'autre face de ta question, la *face cachée*, comme tu disais, la souffrance... Oui : j'aime les hommes pour leurs blessures, leur fragilité, leur part de nuit ou de désespoir. « Mon bel amour, ma déchirure... » Cela vaut aussi pour les artistes, me semble-t-il, même les plus lumineux, même les plus joyeux, les plus légers, les plus aériens... Quoi de plus bouleversant, chez Mozart, que cette fragilité, que cette fêlure, que cette grâce radieuse et désespérée ? Et cela vaut aussi pour mes amis : j'aime qu'ils me disent où ils ont mal, plutôt que de se cacher, comme presque tous, derrière une satisfaction de commande. Ce que les gens disent, le plus souvent, ne sert qu'à les protéger : rationalisations, justifications, dénégations... À quoi bon ? Le silence vaudrait mieux. La parole ne m'intéresse que lorsqu'elle est le contraire d'une protection : un risque, une ouverture, un aveu, une confidence... J'aime qu'on parle comme on se déshabille, non pas pour se montrer, comme croient les exhibitionnistes, mais pour cesser de se cacher... Je sais bien que cela n'est pas possible avec n'importe qui ; mais les amis, justement, sont ceux avec qui c'est possible, avec qui c'est nécessaire ! Quant aux philosophes... Beaucoup se protègent aussi, beaucoup n'ont inventé leur philosophie que pour cela. Un système est un vêtement, qui protège et masque. J'aime mieux la nudité des corps et des idées. Je disais, à propos des bavardages ordinaires : ce ne sont que rationalisations, justifications, dénégations... Combien c'est vrai aussi de la plupart de ces bavardages sophistiqués qu'on appelle philosophies ! Je vais te faire un aveu : les philosophes non plus (sauf pour préparer mes cours), je ne les lis plus guère. À quoi bon inventer un système ?

Ce n'est qu'un roman un peu plus ennuyeux... La philosophie n'a aucune importance. Elle ne sert qu'autant qu'elle rapproche de la vie ou de la vérité, et il est vrai qu'elle en rapproche parfois, par quelques illusions qu'elle dissipe. Mais elle en rapproche d'autant plus qu'elle va droit à sa blessure, plutôt, comme presque toujours, que de tourner autour ou d'essayer de la dissimuler. J'aime les philosophes qui pensent au plus près de leur souffrance : Lucrèce, Montaigne, Pascal... Et Spinoza, quand on sait le lire. C'est son commencement explicite : « L'expérience m'avait appris que toutes les occurrences les plus fréquentes de la vie ordinaire sont vaines et futiles... » Et cette « tristesse extrême », comme il dit aussi, qui vient « après la jouissance » ou quand nous sommes « trompés dans notre espoir » ! Ceux-là ont cessé de faire semblant. Encore Spinoza reste-t-il dupe de ses démonstrations, comme Lucrèce d'ailleurs de celles d'Épicure. Montaigne et Pascal sont plus lucides, et c'est eux que je relis le plus volontiers. Sincèrement, tu connais un roman qui tienne le coup, à côté des *Pensées* ou des *Essais* ?

Réponds d'abord à ma question : qu'est-ce qui t'a fait naître à la philosophie ?

La douleur, bien sûr, l'angoisse, l'ennui, le désespoir... Tu sais, ma mère était une grande dépressive, et j'ai commencé à philosopher, je crois bien, pour m'arracher à sa souffrance, et à la mienne. À quoi la philosophie ne suffit pas, évidemment, à quoi rien ne suffit : la souffrance est là, il faut vivre avec. Ou si l'on peut s'en libérer, c'est à la condition d'abord d'accepter qu'elle soit là.

Et puis il y a l'ennui, la morosité des jours, la vie qui passe ou qui se défait, le dérisoire ou la banalité de tout... Il y a quelques poèmes de Jules Laforgue qui disent cela, pour lesquels je donnerais tout Balzac, malgré sa puissance, et même plusieurs des romans de Stendhal, que j'aime tant. « Comme la vie est triste et coule lentement... » Je vois bien (si tant est qu'on puisse comparer : Laforgue est mort à vingt-sept ans...) que Balzac ou Stendhal sont de plus grands génies — mais qu'importe le génie ? J'aime surtout ceux qui ne sont pas dupes du leur, ou même qui ont conscience d'en manquer. Tiens, justement, ces vers :

« Ah ! que la vie est quotidienne...
Et du plus vrai qu'on se souvienne,
Comme on fut piètre et sans génie ! »

C'est de Laforgue encore, et j'ai passé des dimanches entiers à me répéter cela... Être l'ami de Laforgue, ce devait être quelque chose. Mais l'ami de Balzac ? Quel ennui ! D'ailleurs, Balzac avait-il des amis ?

Tu veux la vérité ? La philosophie n'a aucune importance. Les romans n'ont aucune importance. Il n'y a que l'amitié qui compte ; il n'y a que l'amour qui compte. Disons mieux : il n'y a que l'amour et la solitude qui comptent. Mieux encore : il n'y a que la vie qui compte. Les livres en font partie bien sûr, et c'est ce qui les sauve. Mais la vie n'en continue pas moins... Les livres en font partie ; comment pourraient-ils la contenir ? Ils en parlent ; comment pourraient-ils en tenir lieu ? Tout au plus peuvent-ils dire la vérité de ce que nous vivons, cette vérité qui n'est pas dans les livres ou qui ne peut y être que parce qu'elle est d'abord dans notre vie. Vérité de la souffrance et de la joie, du courage et de la

fatigue, vérité de l'amour, vérité de la solitude...
À quoi bon autrement la philosophie ? À quoi
bon la littérature ? Et sans l'amour, à quoi bon
vivre ? Laforgue toujours : « Comme nous
sommes seuls ! Comme la vie est triste ! »
L'amour naît là pourtant, et la joie, la seule
vraie joie, qui est d'aimer. C'est ce que j'ai lu
chez Spinoza, et que la vie m'a confirmé.
Toutes les occurrences les plus ordinaires de
la vie sont vaines et futiles, et il n'y a que
l'amour qui soit extraordinaire. Quand on
arrive à aimer, et cela arrive malgré tout. Au
moins un peu, au moins parfois, même mal,
même petitement, même tristement... La question n'est pas de savoir si la vie est belle ou
tragique, dérisoire ou sublime (elle est l'un et
l'autre, évidemment), mais si nous sommes
capables de l'aimer telle qu'elle est, c'est-à-
dire de l'aimer. Cela laisse à la littérature sa
place, qui n'est ni la première ni la dernière.
Les livres ne valent qu'autant qu'ils apprennent à aimer ; c'est pourquoi quelques chefs-
d'œuvre sont irremplaçables, et c'est pourquoi
tant de livres ne valent rien — et les romans
d'amour, sauf exception, moins encore !
« C'est du roman », dit-on parfois, pour dire :

c'est un tissu d'âneries et de mensonges. Eh bien oui, la plupart des romans ne sont que du roman. J'ai mieux à faire : j'ai mieux à vivre. Le plus urgent, c'est de cesser de se mentir. La vraie vie, ce n'est pas la littérature : la vraie vie, c'est la vie vraie.

La vie vraie n'est pas donnée. Elle arrive après qu'on s'est débarrassé de toutes les « pelures » de soi-même. On y accède après la traversée de zones d'ombre, après une certaine mort de soi. Elle arrive après ce passage. La vie vraie est presque toujours une résurrection. C'est peut-être cela qu'on appelle le ciel sur la terre, la grâce : vivre un présent qui dure. Qu'on le veuille ou non, même sans dieu, il y a là une dimension mystique...

Tu as raison, la vie vraie n'est pas donnée (à qui le serait-elle ? et par qui ?) ; elle est vécue, elle est vivante, elle est le don lui-même, ce qui donne et ce qui reçoit, et c'est pourquoi rien n'est donné, ni à personne. La vie est là pourtant : l'*ego* s'en empare, qui voudrait que ce soit son cadeau, son bien, sa chose... C'est le contraire qui est vrai. Le moi appartient à la vie, non la vie au moi. C'est pourquoi il faut mourir à soi-même, en effet, ou c'est pourquoi plutôt il le faudrait. Seul l'*ego* meurt, qui n'est fait que de ses propres « pelures », comme tu dis. Qui saurait s'en défaire (qui saurait s'éplucher tout entier !), il serait plus libre et plus vivant que jamais. La vraie vie n'est pas absente, ou nous n'en sommes séparés que par nous-mêmes. Absente-toi : la vie est là, dès que tu n'y es plus ! Cette absence n'est pas dispersion mais disponibilité ; non divertissement, mais accueil. C'est tout le mystère de l'attention, ou plutôt son évidence propre : qu'on ne peut être attentif qu'en s'oubliant, et c'est en quoi sans doute, comme disait Simone Weil, « l'attention absolument pure est prière ». Résurrection ? En tout cas pas au sens propre ! Comment serait-ce possible, puisque c'est le moi qui meurt ? Comment le ressusciter, sans le rendre à nouveau prisonnier de lui-même ? Les Orientaux, là-dessus, sont plus lucides que nous. On ne pourrait renaître que pour mourir à nouveau, que pour souffrir à nouveau, et ce cycle des égoïtés successives (le *samsâra*) serait plutôt, dès lors, cela même dont il convient de se libérer. Tu te doutes que je ne crois pas à la réincarnation. Mais il y a là, au moins, une façon assez juste de poser le problème : le moi n'est pas ce qu'il s'agit de sauver, mais ce dont il faut se libérer. La réincarnation, pas un salut, mais un chemin. Certains Occidentaux se mettent bizarrement à y croire, mais presque toujours à contresens : ils y voient une consolation narcissique, une de plus, une espérance, un petit salut pour l'*ego*. « Un type comme moi ne devrait jamais mourir », se disent-ils avec Folon (mais lui, c'était pour en rire), et les voilà qui rêvent de renaître... C'est se tromper du tout au tout. Dans le bouddhisme, ce n'est pas le moi qui se réincarne (puisque je serai quelqu'un d'autre), ni le Soi (puisqu'il n'y a pas de Soi), et en ce sens personne ne se réincarne : la réincarnation n'est qu'un processus sans sujet (la « production conditionnée »), qui remet le sujet, et tout sujet, à sa place, celle d'un agrégat impermanent... Le but n'est pas de retrouver son cher petit moi dans une autre vie, mais de s'en affranchir, le plus qu'on peut, jusqu'à la libération finale, jusqu'à l'extinction — *nirvâna* — dans la lumière ou la vérité... Le salut, le seul, c'est quand il n'y a plus personne à sauver :

quand il n'y a plus que tout. Comme le paradis des chrétiens, à côté, paraît prisonnier du narcissisme ! Cela dit, on pourrait interpréter autrement la résurrection dont parlent les Évangiles. Je suis comme Spinoza : je prends la crucifixion du Christ à la lettre, mais sa résurrection en un sens allégorique. Pour signifier quoi ? Non que le Christ n'est pas mort, mais qu'il a vécu en éternité ; non qu'il est ressuscité, mais que la mort n'a rien pu lui prendre... Que peut-on prendre au don, quand il n'a rien à donner que soi ? C'est là le ciel sur la terre, en effet, c'est là l'unique grâce. La vie libérée de soi : l'éternité. Le désir libéré du manque : l'amour. La vérité sans phrases : le silence. Mysticisme ? C'est un bien grand mot, pour la simplicité de vivre. Ou bien il faudrait expliquer que le mysticisme n'est que la pointe extrême du vivant, quand il s'arrache à soi (trait commun de toutes les expériences mystiques : plus d'*ego*), quand il n'y a plus que l'être et la joie, que l'être et l'amour... Cela n'apparaît mystérieux que parce que nous en sommes ordinairement incapables : l'*ego* prend toute la place.

Mais comment, après la perte de l'espoir, après les deuils successifs, comment retrouver cet amour « extraordinaire » dont tu parles ? Cet amour suppose-t-il la perte de l'innocence ? Peut-il se nourrir d'autre chose que du désir ? De quelle sorte d'amour s'agit-il ?

L'amour n'a pas besoin d'espérance ; le désir n'a pas besoin d'espérance. La sexualité nous l'apprend, non ? Puis l'horreur le confirme... Qu'on puisse aimer après le deuil (comme événement), c'est à quoi tend le deuil lui-même (comme travail). Mais attention : n'allons pas imaginer je ne sais quel amour qui serait extraordinaire par opposition à d'autres qui ne le seraient pas ! C'est l'amour lui-même qui est extraordinaire, tout amour, quand bien même il s'agit, comme presque toujours, d'amours très ordinaires. Je voulais simplement dire que rien n'a d'importance, que rien n'a de valeur, sauf par l'amour que l'on y met ou qu'on y trouve. Une étoile qui s'éteint, quelle importance ? La fin du monde, quelle importance ? Aucune, si nous n'aimions le monde ou la vie ! C'est le sens du relativisme de Spinoza : ce n'est pas parce qu'une chose est bonne que nous la désirons, c'est parce que nous la désirons que nous la jugeons bonne. Mozart ne vaut que pour qui l'aime. Quand bien même le génie serait une notion objective, nul n'est tenu d'en faire une valeur. Le poids, par exemple, se mesure objectivement ; mais pourquoi préférerait-on toujours le plus lourd ? Quand bien même on pourrait démontrer objectivement (c'est bien sûr impossible) que Mozart est le plus grand musicien de tous les temps, cela n'en ferait pas une valeur objective ; car il faudrait d'abord démontrer que la musique est préférable à son absence, et c'est ce qu'on ne peut — ou qu'on ne pourrait, si nous n'aimions la musique ! On objectera qu'on peut démontrer que la musique est bonne pour la santé... Sans doute. Mais que vaut la santé, si la vie ne vaut rien ? Et que vaut la vie, si nous ne l'aimons pas ? Il n'y a donc pas de valeur absolue : la beauté ne vaut que pour qui l'aime, la justice ne vaut que pour qui l'aime ! Et la vérité ? Elle n'a pas besoin que nous l'aimions pour être vraie, certes, mais bien pour valoir. Et l'amour ? Il n'est une valeur qu'autant que nous l'aimons, et c'est pourquoi il en est une. Spinoza contre Platon. Ce n'est pas la

valeur de l'objet aimé qui justifie l'amour, c'est
l'amour qui donne à l'objet aimé sa valeur. Le
désir est premier : l'amour est premier. Ou plutôt (car l'amour ne serait absolument premier
que si Dieu existait) c'est le réel qui est premier,
mais il ne vaut que par et pour l'amour.

Donc, bien sûr, l'amour se nourrit du désir,
comme tu dis, l'amour *est* désir. Comment
autrement ? C'est presque une question de
définition. Je prends « désir » au sens de Spinoza, plutôt qu'au sens de Freud : le désir
n'est pas autre chose que la force de vie en
nous, ou la vie comme force. C'est puissance
de jouir, et jouissance en puissance. La sexualité en est un bon exemple, et davantage peut-
être. C'est où l'on retrouve la psychanalyse. Il
se pourrait que Freud ait raison, et je suis bien
certain, en tout cas, qu'il n'a pas tort sur tout.
Mais laissons. L'important est de ne pas
confondre le désir et le manque. Ou plutôt il y
a là deux formes du désir : je peux désirer ce
qui me manque, certes, et c'est une souffrance
(ainsi la soif, quand je n'ai pas à boire) ; mais
aussi désirer ce qui ne me manque pas, et c'est
un amour. Désirer l'eau que je bois et aimer
cette eau, quelle différence ? Tu me diras qu'il

y a une différence entre aimer une femme et
la désirer... À nouveau, c'est une question de
vocabulaire. Je dirais plutôt qu'on peut désirer
cette femme qui est là, c'est-à-dire l'aimer, se
réjouir de son existence (Spinoza : « l'amour
est une joie qu'accompagne l'idée de sa
cause »), ou bien ne désirer que le plaisir
qu'on en attend ou qu'on y prend, ce qui est
aimer encore mais n'aimer que le plaisir ou
que soi... Au fond, cela rejoint la différence
traditionnelle entre *éros* et *agapè*, disons, avec
saint Thomas, entre l'amour de concupiscence
(qui n'aime l'autre que pour son bien à soi) et
l'amour de bienveillance (qui l'aime aussi
pour son bien à lui). Le plus souvent, ces deux
amours sont mêlés. La passion amoureuse
relève bien sûr d'*éros* : c'est l'amour qui
prend. L'amitié tendrait plutôt vers l'autre
côté : l'amour qui se réjouit et partage *(philia)*
tend vers l'amour qui donne *(agapè)*. Mais qui
ne voit qu'il y a aussi de la concupiscence
dans l'amitié, et de la bienveillance dans le
couple ? *Éros* et *agapè* — l'amour de soi,
l'amour de l'autre — vont ensemble, et c'est
ce qu'on appelle l'amour. Il reste qu'il y a
entre les deux une différence d'orientation, et

que *l'amitié maritale*, comme disait joliment Montaigne, ne saurait se confondre tout à fait avec la passion amoureuse ou érotique. Cela ne veut pas dire qu'elle l'exclut, bien au contraire ! Le plus souvent, encore une fois, les deux vont de pair ; et *agapè*, en tout cas, n'existe jamais seul. De là une tension, en tout amour réel, qui peut en faire la difficulté, comme chacun sait, mais aussi le charme ou la force. Vouloir du bien à celle qui nous en fait, quoi de plus spontané ? Faire l'amour avec sa meilleure amie, quoi de plus délicieux ? C'est ce qu'on appelle un couple, quand c'est un couple heureux...

Tu n'as rien dit de l'innocence...

C'est que je ne sais pas ce que c'est ! Si l'on entend par innocence je ne sais quelle pureté angélique, nous sommes tous coupables, toujours, et c'est ce que la sexualité nous rappelle. Qu'il y ait de l'enfant en nous, c'est entendu, mais cet enfant n'est innocent, s'il l'est, que par ignorance, pas par pureté ! Un « pervers polymorphe », disait Freud, et cela m'en apprend plus sur l'enfance que la littérature à l'eau de rose. L'innocence, dès qu'elle se dit, est déjà perdue. Qui n'aime la pureté ? Qui ne désire l'impur ? J'aime aussi, dans la sexualité, ce qu'elle nous apprend sur nous-mêmes : toute la violence du désir, tout l'obscène de l'amour... Qu'avons-nous vécu de plus fort ? Les films pornographiques sont plus vrais que nos bluettes sentimentales. S'il y a une innocence, ce serait d'accepter cela, pleinement. Mais le peut-on ? Il y a aussi, dans l'amour physique, cette fascination de l'abîme, cette attirance pour le plus sombre, le plus trouble... Heureusement qu'il y a le plaisir, la paix qui le suit, la santé qui l'accompagne ! Il y a bien un moment où il faut s'arrêter. C'est le plaisir même, toujours fini, toujours recommencé. Ou bien il faudrait que la sexualité nous laisse, ou que nous la laissions, comme un désir oublié à force d'être satisfait... Il m'arrive d'en rêver, mais cela ne dure jamais très longtemps !

Il y a quelque chose de terrible dans l'amour physique. Quelque chose qui, moi, m'empêche de faire l'amour avec mon « meilleur ami ». Car s'il y a trop de bienveillance,

il n'y a hélas plus beaucoup de sexe. Ce « mo-
ment où il faut bien s'arrêter » dont tu parles,
je ne suis pas obligée de le vouloir ! Il y a un
moment où ce n'est plus l'amour de soi, ou
l'amour de l'autre : quelque chose se passe de
plus grave que dans l'amour (on y souffre ou
bien on s'y ennuie). Dans le sexe on risque
son identité, celle de l'autre. On risque de ne
plus savoir qui on est, de perdre ses petits
repères. L'amour renforce l'existence (l'état
de manque, l'attente). Le sexe peut la mettre
en péril. Que fais-tu de cette violence ?

Je vis avec, j'aime avec, comme tout le
monde... Et puis je la contrôle, malgré tout.
Qui ne le fait ? Qu'il y ait du terrible, dans
l'amour physique, ou plutôt quelque chose qui
n'a plus rien à voir avec l'amour, ni avec la
bienveillance, ni même avec l'identité, j'en
suis d'accord : de là ce halo d'effroi qui nous
fascine. Un peu de vie à l'état pur : boulever-
sante, effrayante. Toujours collée à la mort.
Toujours collée à soi. C'est l'ange de Rilke
(« le beau n'est que le commencement du terrible... »), et c'est le seul. C'est la bête mons-
trueuse, dévorante, parfaite. Un « bloc

d'abîme », comme on l'a dit de Sade. La nuit obscure : l'horreur éblouissante. C'est d'ailleurs ce qui m'a toujours rendu suspects les mots d'ordre « libertaires » de notre jeunesse : « Il est interdit d'interdire », « Vivre sans temps morts, jouir sans entraves »... Comme il faut avoir des petits désirs bien sages, pour écrire ça sur un mur ! Comme il faut avoir intériorisé la morale pour imaginer s'en passer ! Pendant un temps, on nous a dit que le sexe c'était le diable, et puis voilà qu'on a voulu en faire le bon Dieu... Un ridicule chasse l'autre, mais le ridicule demeure. En vérité le sexe n'a pas de morale (la vie non plus), mais c'est aussi pourquoi il nous oblige à en avoir une. Car enfin, que la plupart des comportements sexuels soient moralement indifférents, ce qui est bien clair, cela n'empêche pas que certains soient moralement condamnables : l'humiliation non consentie, l'avilissement obligé, l'exploitation forcée, le viol, la pédophilie, la torture, l'assassinat... Notre littérature érotique en est pleine, et c'est par quoi elle échappe à la littérature. Sade n'a rien inventé. Bataille n'a rien inventé. L'horreur est en nous, en nous la bête et le bourreau. Si nos gauchistes avaient lu Sade d'un peu plus près, ou s'ils l'avaient pris un peu plus au sérieux, il y a quelques naïvetés optimistes qu'ils auraient évitées... Éros est un dieu noir, comme dit Mandiargues, ou plutôt ce n'est pas un dieu du tout, et peut-être ce qui nous interdit d'y croire. *Post coitum omne animal triste* : c'est qu'il est sorti de soi et de ses illusions, c'est qu'il a vu la vie face à face, et qu'elle ressemble à la mort comme sa sœur jumelle... C'est aussi ce que dit Freud, qu'il appelle la pulsion de mort, et qu'on s'obstine presque toujours à ne pas comprendre. Quand le désir se retire, à marée basse, dans ce reflux, dans ce jusant de vivre, ce qu'il découvre, aux deux sens du terme, ce qu'il laisse derrière et devant soi, c'est la mort même qu'il recouvre, en son flux, et qui le porte... « Sous les pavés la plage », disions-nous... La vérité, en matière de sexualité, est plus grave, plus obscure, plus effrayante. Sous la mer, les bas-fonds. Sous l'amour, la mort.

Donc, tu as raison : le sexe est violence, péril, perte des repères... C'est pourquoi il fait peur, et non à cause de je ne sais quelle morale répressive qu'on nous aurait inculquée. D'ailleurs pourquoi cette morale, si la peur n'était

déjà là ? Qu'il faille déculpabiliser la sexualité, ou qu'on ait eu raison de le faire, c'est
une évidence. Mais faut-il pour autant n'y voir
qu'un loisir agréable ? Ce serait passer d'un
mensonge à un autre. J'observe d'ailleurs que
les jeunes d'aujourd'hui, tout élevés qu'ils
furent par leurs soixante-huitards de parents,
ont peur autant que nous, et pas seulement du
sida. Ils ont peur de la sexualité, comme tout
le monde, et c'est ce qu'on appelle la pudeur :
l'effroi devant soi, et devant l'autre.

N'exagérons pas pourtant cette part d'abîme
ou de folie : le corps a ses limites aussi, qu'on
rencontre tôt ou tard, le corps a sa sagesse
— et l'esprit, ses refus ! « Je ne suis pas obligée de vouloir m'arrêter », dis-tu. Certes. Mais
enfin tu es vivante, tu n'as jamais tué ni torturé
personne (ou bien c'est qu'il était consentant :
ce n'est plus de la torture !), et tu t'es débrouil-
lée, bien sagement, bien prudemment, pour ne
jamais te perdre tout à fait... Encore les
femmes peuvent-elles aller plus loin, me
semble-t-il, que les hommes, davantage pri-
sonniers d'eux-mêmes, de leur force, de leur
violence, de la petite mécanique de leur désir...
Passons : il faudrait des détails qui devien-

draient indiscrets. Toujours est-il que je me
méfie de cette tendance, en beaucoup, à suréva-
luer la sexualité, à en faire je ne sais quelle
extase, quelle porte ouverte sur l'absolu,
comme si l'univers était à portée d'orgasme,
comme s'ils voyaient Dieu au bout de leur
sexe ! C'est beaucoup d'orgueil. Nos plaisirs
sont plus ordinaires ; nos abîmes, plus
médiocres. Il ne faut pas exagérer la vie, comme
dit mon ami Marc, et la tentation n'est jamais
aussi grande d'exagérer qu'en matière de
sexualité. Et puis il y a cela aussi, dans l'amour :
après la fureur du désir, comme dit Lucrèce, la
grande ou petite paix du repos... Le corps est
plus simple (heureusement !) que les discours
qu'on fait autour, et plus proche de la bête, pour
le meilleur et pour le pire, que du divin...

Pour le reste, tu fais évidemment l'amour
avec qui tu veux, ami ou pas ! Mais enfin, si
la chose se répète et dure, ne serait-ce qu'un
peu, avec le même, si vous formez un couple
ou quelque chose qui y ressemble, je ne vois
pas comment tu peux empêcher que l'amitié
s'y mêle, avec le temps, donc aussi la bienveillance, l'intimité paisible, la complicité, l'humour, l'amour, la douceur... À force de faire

abîme commun, cela crée des liens, non ? Et
que chacun y reste seul, ce qui est notre expérience à tous, les renforce plutôt, puisque cette
solitude partagée n'est pas autre chose que
l'amour même, dans sa violence *(éros)* autant
que dans sa douceur *(agapè)*... J'ai toujours été
frappé par la formule d'Adorno, dans *Minima
moralia* : « Tu n'es aimé que lorsque tu peux
montrer ta faiblesse, sans que l'autre s'en
serve pour affirmer sa force. » Il ne faut pas
dire du mal de la douceur, Judith. Si l'amour
est le contraire de la force, comme le veut
Simone Weil, ou plutôt le contraire de la violence, s'il est une force qui refuse de s'exercer,
une puissance qui refuse de dominer, l'amour
(le véritable amour : *philia, agapè*) est douceur, et c'est ce que la mère sait bien, ce que
l'enfant sait bien, et par quoi l'humanité s'in-
vente, de génération en génération, en surmon-
tant la bête malgré tout qui la dévore. Par quel
miracle ? Ce n'est pas un miracle. Toute
femelle sait ça, en toute espèce mammifère. Il
se trouve que chez les humains (d'ailleurs pas
seulement chez eux) même le mâle en est
capable, ou est capable de l'apprendre. Ce
n'est pas un miracle : c'est la vie même, qui

dévore et qui protège, qui prend et qui donne, qui déchire et qui caresse... Le viol existe en l'homme, et sans doute en tout homme. Mais point seul pourtant : il y a aussi l'amant, et l'ami, et le père... Violence et douceur. Qu'il ne faille pas nier la première, je te l'accorde ; mais pourquoi faudrait-il refuser la seconde ?

L'expérience m'a appris qu'à montrer sa faiblesse, l'autre s'y engouffre pour la rendre plus grande. Je ne crois pas aux bienfaits de l'amour. Je ne crois pas au paradis du sexe. Contrairement aux femmes de ma génération, qui ont vécu « la libération sexuelle », je me suis lancée dans l'amour comme si c'était une bataille. À vingt ans j'écrivais un petit texte intitulé : « Survivre au sexe » ! À chaque fois qu'il fallait faire l'amour avec un homme que j'aimais, c'était une épreuve. Un danger. À l'époque, je lisais les écrits de Laure (qui fut l'amie de Georges Bataille), que je continue d'aimer, et aussi le livre de René : Le Testament d'une fille morte. *Elle se nommait en réalité Colette Gibert, elle accompagna Artaud à Rodez, l'accueillit ensuite à Paris et engagea*

bravement avec lui un dialogue dont demeurent de belles lettres (Suppôt et supplication), *et surtout un texte appelé* Le Débat du cœur, *où elle écrit : « Je commence à entrevoir le sens de la rencontre : le commencement de la destruction de moi-même — entièrement inconnaissable à aucun — mais sa certitude. »*
Ne pas refuser la douceur... « L'amant, l'ami, le père », comme tu dis. Trois en un... Dans la doctrine chrétienne il me semble que ça s'appelle un « mystère » ! Cette coexistence en est un pour moi aussi. Cela veut-il dire qu'il t'est arrivé de la vivre ? De trouver cette femme qui a été « l'amante, l'amie, la mère » ?

Dieu m'en préserve, si tu veux dire que la même femme me serait les trois à la fois ! Une seule mère, dans une vie d'homme, cela suffit... En revanche, si tu veux dire qu'un homme peut avoir pour amante et amie la mère de ses enfants, bien sûr et heureusement ! Il n'y a rien là d'exceptionnel : c'est la règle commune des couples, leur banalité quotidienne. « Trois en un, dis-tu, c'est un mystère... » Du tout. Il y en a bien plus, d'ailleurs, que trois ! Il y a aussi celui qui aime la

pensée (disons : le philosophe), celui qui aime
la bonne chère, celui qui aime le silence ou la
solitude, celui qui aime Mozart et Schubert...
Ce n'est pas trois en un : c'est un individu
— n'importe lequel — qui n'en finit pas d'aimer différemment des choses différentes... Le
cœur innombrable : c'est le cœur même. Mais
revenons au couple. Sauf à détester la personne avec qui l'on vit, sauf à ne plus désirer
du tout celle avec qui l'on dort, comment évi-
terait-on, dans la famille, ces jeux de la douceur et du désir ? C'est d'ailleurs ce que la
séparation vient interrompre (encore que : il
arrive que douceur et désir survivent même au
divorce), et il faut bien qu'il y ait quelque
chose à interrompre... Il ne faut pas rêver les
couples. Ces histoires de grandes passions
comblées, d'amours qui durent toujours,
aujourd'hui plus qu'hier et bien moins que
demain, c'est évidemment de la littérature, et
de la pire : du mensonge. Quand tu dis que tu
ne crois pas aux « bienfaits de l'amour », si tu
entends par là les bienfaits de l'état amoureux,
tu as évidemment raison et je n'y crois pas
davantage. Il faut bien vivre la passion, quand
elle est là, mais il est sage alors de n'en rien

attendre, et surtout pas des bienfaits ! Toutefois la passion n'est pas le tout de l'amour, et
même elle n'en est pas l'essentiel. Les philosophes mentent moins, sur ce sujet, que la plupart des poètes ou des romanciers. Cette
exaltation de l'*éros*, ce délire de l'imaginaire
et du désir, ce narcissisme à deux, ils n'ont
jamais pu le prendre tout à fait au sérieux.
Cela choque souvent les jeunes filles : elles
voudraient que les philosophes leur donnent
raison. Mais comment, si la vie leur donne
tort ? Il ne faut pas rêver les couples, mais il
ne faut pas rêver non plus la passion ; la vivre,
oui, quand elle est là, mais ne pas lui demander de durer, ne pas lui demander de suffire,
ne pas lui demander de remplir ou guider une
existence ! Ce n'est qu'un leurre de l'*ego*. La
vraie question est de savoir s'il faut cesser
d'aimer quand on cesse d'être amoureux
(auquel cas on ne peut guère qu'aller de passion en passion, avec de longs déserts d'ennui
entre deux), ou bien s'il faut aimer autrement,
et mieux. Les quelques couples qui réussissent
à peu près, et il y en a tout de même, me
paraissent explorer cette seconde voie, qui est
la plus difficile, sans doute, et la plus douce...

J'aime les couples, quand ils sont heureux : j'aime leur intimité, leur complicité, leur humour, leur érotisme au quotidien... Ces amants-là savent que le désir est autre chose et plus qu'un manque, l'amour autre chose et plus que la passion. Il ne faut pas rêver les couples, mais il ne faut pas non plus calomnier la vie. Tu te souviens de ce qu'écrit Rilke, dans les *Lettres à un jeune poète* : « Nous devons nous tenir au difficile. Tout ce qui vit s'y tient... Il est bon d'être seul parce que la solitude est difficile. Il est bon aussi d'aimer ; car l'amour est difficile... » Quoi de plus bête au contraire, je veux dire de plus facile, que de tomber amoureux ? C'est à la portée du premier adolescent venu, et c'est très bien ainsi : qu'on commence par le plus facile, c'est de bonne pédagogie ! La vie sait sans doute ce qu'elle fait, ou du moins, sans le savoir, le fait bien. Mais enfin l'adolescence ne dure qu'un temps, et c'est heureux aussi. Un de mes amis, il avait une quarantaine d'années, me dit un jour : « À chaque fois que je suis amoureux, c'est toujours comme la première fois ! » J'en étais peiné pour lui : cela voulait dire qu'il n'avait rien appris. Moi, au contraire, ce fut différent à chaque fois : je croyais de moins en moins à la passion, et de plus en plus à l'amour. Cela ne m'empêcha pas de retomber amoureux, bien sûr, mais au moins cela m'empêcha de me faire là-dessus trop d'illusions. Un ami m'a demandé récemment quel type de femme j'aimais... Je lui ai répondu : « Celles qui ne se font pas d'illusions sur les hommes, et qui les aiment pourtant. » Ces femmes existent, tu en fais partie, et c'est le plus beau cadeau que vous puissiez nous faire : un peu d'amour vrai, de désir vrai, de plaisir vrai... C'est ce que j'aime dans la nudité, dans la sexualité, dans la rencontre risquée des corps : cette vérité parfois qui s'y joue, qui s'y dévoile, qui s'y abandonne... Cela suppose, presque toujours, qu'on prenne le temps de se connaître, de s'apprivoiser, de s'aimer. Puis la vie passe, et nous passons avec elle... Rebondir de passion en passion ? Sincèrement, je n'ai plus l'âge.

Quant aux femmes que j'ai aimées ou que j'aime, si tu veux bien nous laisserons ce sujet de côté.

Donc, revenons aux livres... Je n'ai fait aucune étude, et pourtant ce sont les livres qui ont le plus compté. Ce sont eux qui m'ont sauvée. La lecture fut pour moi une vraie expérience. Ce que Péguy appelle « un renforcement d'être », c'est dans la lecture que je l'ai trouvé.

Pourquoi dis-tu : « La philosophie n'a aucune importance. Les romans n'ont aucune importance » ? Je ne te crois pas. Retirerais-tu aujourd'hui au livre cette force, cette vérité, ce bouleversement qu'il peut provoquer ?

Un livre, dit Kafka dans son journal, doit être la hache qui brise en nous la mer gelée...

Un écrivain qui croit encore à la littérature, que peut-il nous apporter de vraiment important ? Et un philosophe, s'il croit encore à la philosophie ? S'ils n'ont même pas traversé la vanité de ce qu'ils font, de ce qui les occupe ? S'ils prennent encore leur œuvre ou eux-mêmes au sérieux ? Kafka a raison pourtant : un livre est une hache, en tout cas il peut l'être. Il peut briser la glace. Il peut briser des chaînes. Mais qui aurait le culte des haches ? Qui les préférerait aux vagues ou aux forêts ? Qui leur consacrerait sa vie ? Briser la mer gelée, oui. Mais c'est la mer qui vaut, l'immense mer (le monde, la vie), qui contient tous les livres et qu'aucun ne contient, dont tous les livres parlent et qui ne parle pas. Combien d'auteurs, combien de lecteurs sont comme des marins absurdement qui collectionneraient des haches et qui en oublieraient de naviguer ? J'ai vu ta bibliothèque : tous ces livres bien rangés... La mienne est plus désordonnée, mais c'est tout comme. Toutes les bibliothèques se ressemblent : ce ne sont que des morts verticalement serrés. Qu'il y ait là plusieurs chefs-d'œuvre, et même, dans la tienne ou la mienne, qu'il n'y ait là, pour ainsi dire, que des chefs-d'œuvre, c'est entendu. Mais à quoi bon les chefs-d'œuvre, s'il n'y avait la vie, et si la vie ne valait mieux que les chefs-d'œuvre ? Je ne sais pourquoi, tout d'un coup, je pense à La Fontaine, à cette épitaphe qu'il avait rédigée pour son propre tombeau : « De sa vie il fit deux parts, qu'il passa, l'une à dormir, et l'autre à ne rien faire. » Celui-là avait du génie pourtant, et quels chefs-d'œuvre nous lui devons ! Mais justement, il est essentiel à ces chefs-d'œuvre qu'il n'en ait pas été dupe, je veux dire qu'ils ne sont si souverainement réussis que parce qu'il ne les a jamais pris, ni la litté-

rature, complètement au sérieux. Même chose
pour Pascal (« se moquer de la philosophie,
c'est vraiment philosopher... »), même chose
pour Montaigne : « Composer nos mœurs est
notre office, non pas composer des livres...
Notre grand et glorieux chef-d'œuvre, c'est
vivre à propos. » Les livres y aident, parfois, je
te l'accorde (et celui de Montaigne plus qu'aucun autre !) ; mais ils ne sauraient en tenir lieu.
Combien de grands hommes, combien de
grands penseurs n'ont rien écrit ? Combien de
petits messieurs font des livres ? C'est une idée
qui me fit rêver longtemps, dans mon adolescence : que les plus grands maîtres devaient
s'être dépris aussi de la littérature, et donc,
parce qu'ils n'avaient rien écrit, en tout cas
rien publié, être totalement inconnus... C'est
une idée que j'ai retrouvée plus tard dans le
Tao : « L'homme parfait est sans moi,
l'homme inspiré est sans œuvre, l'homme sage
ne laisse pas de nom. » Quelle vanité à côté
que nos livres ! Tu sais, quand on est reçu à
l'École normale supérieure, rue d'Ulm, et mis
à part le moment des résultats, le plus grand
choc, c'est quand on pénètre pour la première
fois dans la bibliothèque... On se sent quel-

qu'un, on songe aux glorieux ancêtres, à l'œuvre à écrire, bref on est complètement ridicule. Et puis on se promène... Ce qui fait le charme de cette bibliothèque (et qui la distinguait bien fortement de celles que j'avais fréquentées jusqu'alors : Sainte-Geneviève, la Sorbonne...), c'est qu'on y circule librement, qu'on y cherche soi-même les livres dont on a besoin, qu'on s'y perd, qu'on s'y noie... C'est une des grandes bibliothèques de France, sans doute, mais enfin ce n'est pas la Bibliothèque nationale : on n'y trouve que des livres qui ont été choisis, sélectionnés, soit au total, c'est ce qu'on nous expliqua le jour de la rentrée, quelque chose comme cinq cent mille volumes, rien que pour la bibliothèque des lettres... C'est très peu par rapport à la BN (treize millions de volumes) ou à la bibliothèque du Congrès, à Washington (vingt millions de volumes !). Mais pour un individu, c'est déjà écrasant... Tu peux faire le calcul. On entre à l'école vers vingt ans, et la bibliothèque nous est accessible à vie : disons que cela peut offrir une soixantaine d'années de lecture en perspective... Mettons les choses au mieux, ou au pire : un normalien qui lirait un livre par jour, tous les jours que Dieu fait, pendant soixante ans. Il aura lu, au bout du compte, quelque vingt-deux mille livres, soit un peu plus de 4 % d'une bibliothèque de bonne qualité, certes, mais exclusivement littéraire (or les livres de science, cela existe aussi !) et assez pauvre, au demeurant, pour ce qui est des littératures étrangères... Cela vaut-il la peine ? Qui voudrait d'une telle vie ? Imagine un peu notre homme, vers quatre-vingts ans : comme il aura passé sa vie à lire (un livre par jour, cela fait beaucoup, surtout s'il y a dans le lot des livres de philosophie !), il mourra épuisé, presque sans avoir vécu, et sans avoir, peut-être bien, rien appris d'important... D'ailleurs, si les livres lui avaient appris l'essentiel, ou s'il avait su l'y trouver, aurait-il continué cette vie de fou ? Quant aux autres, les gens normaux, ceux qui lisent, comme toi ou moi, disons un livre par semaine, en moyenne (pour la *Critique de la raison pure*, cela m'a pris trois mois, en y consacrant toutes mes matinées, et je l'ai reprise bien souvent depuis...), ils auront lu, à la fin de leur vie, s'ils vivent assez vieux, et s'ils ne relisent jamais, ou guère, un peu plus de trois mille livres, soit beaucoup moins de 1 % (ou peut-être 1 % des œuvres, si l'on tient compte des titres qui figurent là en plusieurs exemplaires) de cette même bibliothèque pourtant bien incomplète... Je ne sais pas si j'ai fait ce genre de calculs dès cette première visite. Mais je me souviens très bien, en revanche, de l'espèce d'accablement qui me saisit alors, entre ces rayonnages innombrables, quand je compris d'un coup que non seulement je ne lirais jamais tout, ni la moitié, ni le quart, ni le dixième de ces livres, mais encore qu'il était parfaitement vain et dérisoire de vouloir ajouter — simplement parce qu'ils porteraient mon nom ! — trois ou quatre volumes à cette masse déjà écrasante et folle. La vie est ainsi faite : j'avais voulu entrer dans cette école parce qu'on la disait vouée, depuis toujours, à former de futurs écrivains, et à peine y entrais-je que la vanité de la littérature (et de la philosophie aussi bien) venait briser mon rêve dans le lieu même où il était censé se réaliser... Mais c'est bien ainsi : c'était un peu de ridicule et d'illusions qui m'abandonnaient. Je croyais moins aux livres, c'est vrai, je tenais moins à en écrire, mais j'étais dans de meilleures dispositions pour en écrire un jour, peut-être, qui ne fussent point trop vains, ni trop vaniteux, ni trop inutiles...

Et puis il y a autre chose. J'ai trois enfants, tu le sais, trois petits garçons, qui non seulement m'importent beaucoup plus que tous les livres, cela va de soi, mais au sujet desquels, en outre, je ne me préoccupe guère de savoir ce qu'ils liront, ni même si la lecture sera pour eux, comme ce fut pour moi, quelque chose d'essentiel. Bien sûr, je ne souhaite pas qu'ils soient analphabètes. Je leur ai lu des histoires, je leur achète des livres, je leur proposerai bientôt *Les Trois Mousquetaires* et *Vingt ans après*, parce que ce sont des livres qui ont marqué mon enfance, et que forcément (quoique à tort !) je projette un peu la mienne dans la leur... Mais je ne vais pas plus loin : c'est leur vie, non la mienne, et il y a tellement plus important, dans une vie, que les livres qu'on lit ! Aimeront-ils Proust ou pas ? Préféreront-ils la littérature ou le cinéma ? Lire ou faire du sport ? Les lettres ou les sciences ? Sincèrement, cela ne m'importe guère. Quant à savoir s'ils liront la *Critique de la raison pure*, alors là, vraiment, cela m'est complètement égal ! Je prends ce livre à dessein. Je l'ai retravaillé récemment, pour mes étudiants : c'est évidemment l'un des plus grands livres de philosophie qui ait jamais été écrit... Or, tu vois, il ne m'importe pas du tout que mes enfants le lisent. Qu'ils soient en bonne santé, qu'ils soient heureux, qu'ils sachent à peu près vivre et aimer, oui, bien sûr, cela m'importe, et même au-delà de ce que je voudrais. Mais qu'ils lisent Kant et Proust, non. Cela ne veut pas dire que les livres ne servent à rien. Ils nous apprennent des choses, ils peuvent même nous apprendre un peu, quand ce sont de grands livres, à vivre et à aimer. Mais même alors, ils sont inessentiels : ils ne valent qu'au service de la vie, quand trop d'intellectuels croient que la vie ne vaut qu'à leur service... Tristesse, tristesse des intellectuels ! Tristesse, par exemple, des universitaires ! Sur des livres que plus personne ne lit, ils font des livres que personne ne lira... Cela est respectable, émouvant, s'ils le font par fidélité au passé et à leur fonction. Cela peut même être utile. J'ai tort de dire que personne ne les lit : l'Université est un petit milieu, mais nécessaire, qui se reproduit ainsi, de maître à élève, de thèse en

thèse, de colloque en colloque... C'est seulement quand ils se prennent au sérieux, ou leurs
livres, ou leur carrière, que cela devient écrasant d'ennui et de ridicule. Les meilleurs
d'entre eux, les plus estimables, et j'en
connais plusieurs, sont ceux qui travaillent
sérieusement, oui, avec ce sérieux désespéré
de l'intelligence, mais sans se prendre eux-
mêmes, ni leur œuvre, au sérieux. L'humilité
est aussi une vertu intellectuelle : c'est le
contraire de la vanité, et toute vanité est sotte.
Mais attention de ne pas tordre le bâton dans
l'autre sens. Quand je dis que les livres n'ont
pas d'importance, cela ne veut pas dire qu'ils
ne servent à rien. Cela veut dire que ce qui
importe, ce ne sont pas les livres, mais ce à
quoi ils servent, justement, quand ils servent à
quelque chose. Or à quoi serviraient-ils, si ce
n'est à vivre un peu moins mal ? Les livres
n'ont pas d'importance : il n'y a que la vie qui
importe, et seuls méritent d'être lus les livres
qui se mettent à son service — seuls méritent
d'être lus, en conséquence, les auteurs qui
savent que les livres n'ont pas d'importance !
Notre ami Christian Bobin en est un bon
exemple, lui qui sait si bien dire « la vraie vie,

celle qui n'est pas dans les livres mais dont les livres témoignent »... S'il est le plus grand poète de notre génération, comme je le crois, ce n'est pas seulement qu'il est plus doué que les autres, c'est aussi que lui, au moins, n'est pas dupe de la poésie ! Tu te souviens de ce qu'il expliquait à Charles Juliet : « Si la poésie n'est pas la vie dans sa plus belle robe, dans sa plus franche intensité, alors ce n'est rien — un amas de petites encres, petits orgueils, petites souffrances, petites sciences... » J'en dirais autant, *mutatis mutandis*, de la philosophie. Si elle n'est pas la vie dans sa plus belle intelligence, dans sa plus franche gravité, à quoi bon la philosophie ?

Donc, je reviens à ta question, qu'on puisse trouver force, vérité, courage, dans les livres, j'en suis évidemment d'accord ; mais on en trouvera d'autant plus qu'on se fera moins d'illusions sur eux, et d'ailleurs sur la vie. Voilà : j'aime la littérature et la philosophie pour leur charge de désillusion ; comment aimerais-je les livres qui se nourrissent (jusqu'à devenir obèses !) des illusions qu'ils se font sur eux-mêmes ? J'aime les livres pour la vérité qu'ils dévoilent ; comment aimerais-je ceux qui ne font qu'ajouter un voile de plus, fût-il somptueux ou rare ? J'aime les livres qui se mettent au service de la vie ; comment les aimerais-je plus qu'elle ou à sa place ?

D'ailleurs, tu es comme moi : tu n'es revenue aux livres, dans notre entretien, que parce que je ne voulais pas te parler des femmes de ma vie... C'est toujours comme ça, et cela en dit long sur les livres !

Ces livres, dans ma bibliothèque bien rangée comme tu dis, ce sont autant de petits cailloux, de repères qui ont jalonné ma vie. Ce sont des rencontres. Certaines ont changé mon existence. Complètement. Il n'y a pas seulement la réflexion, mais aussi le rêve, le délire, l'élan. Partir... Passer une soirée avec Lautréamont n'est pas si mal et souvent préférable à une rencontre ou une conversation.

Dans cette quête de l'ailleurs, il y a ceux qui se passent des mots : les musiciens. Les peintres. Quel rapport as-tu eu avec la peinture ? Qu'en as-tu gardé ?

Bien sûr qu'un livre peut changer une vie ! C'est même à cette seule condition qu'il vaut

vraiment la peine d'être lu ou d'être écrit...
Mais cela confirme que les livres ne valent pas
par eux-mêmes, ni pour eux-mêmes : ils ne
valent que pour les vivants, ils ne valent que
par la vie qu'ils contiennent, qu'ils suscitent
ou qu'ils peuvent bouleverser ! J'ai fait la
même expérience que toi, avec d'autres
auteurs, d'autres rencontres... Oui, il y a des
livres qui m'ont marqué à jamais, qui m'ont
transformé : Baudelaire, Rilke, Pascal, Spinoza, Hume, Montaigne, Aristote... Aussi
Proust et Céline.. Et puis, avant tous ceux-là,
Les Thibault, de Martin du Gard, et *Les Nour-
ritures terrestres*, de Gide. Tu vois que l'ensemble est bien hétéroclite, bien disparate, et
d'une valeur plutôt inégale. Martin du Gard,
c'est beaucoup mieux qu'on ne le dit parfois,
mais enfin ce n'est pas Proust... Peu importe.
L'effet d'un livre dépend autant de celui qui
le lit, et du moment où il le lit, que de son
contenu ou de sa valeur propres. J'ai lu Gide
et Martin du Gard très tôt, entre quatorze et
seize ans, au meilleur moment donc, celui de
l'enthousiasme (« Nathanaël, je t'enseignerai
la ferveur... »), celui de la plus grande disponibilité... Et j'en ai lu d'autres trop tard, au

contraire, pour qu'ils me marquent ou me touchent vraiment. C'est ce qui s'est passé avec
Kafka, me semble-t-il : quand je l'ai lu, toutes
ces histoires ne m'intéressaient déjà plus, sauf
son journal, et ce n'est pas un hasard... Quant
à Lautréamont, c'est peut-être l'inverse : j'ai
dû le lire trop tôt, je n'en ai qu'un très pâle
souvenir d'adolescence, et tu me donnes soudain l'envie de le reprendre... Que de hasards
dans tout ça ! Une vie de lecture, une vie de
rencontres... Mais tu as raison : ces rencontres
nous font et nous défont, autant ou plus, parfois, que les autres... Tu veux un aveu ridicule ? Le livre qui m'a le plus marqué, le plus
profondément, le plus définitivement, je crois
bien que c'est *Vingt ans après*, de Dumas.
Quand on a aimé Athos comme je l'ai aimé, à
dix ou onze ans, puis durant son adolescence
(c'est le premier livre je crois que j'ai relu, et
je l'ai relu plusieurs fois), il y a toutes sortes
de choses qui sont définitivement exclues :
l'optimisme, certes, l'humanisme niais, mais
aussi bien le nihilisme, la frivolité, la sophistique, le mensonge, la veulerie, la vulgarité, la
bassesse, l'abandon aux modes ou aux facilités
du moment... Et puis d'autres choses, au

contraire, qui vont de soi : la gravité, la solitude, le sens de l'amitié, une certaine idée de la noblesse et du courage, un certain désespoir... Il m'arrive de penser que tout ce que j'ai écrit, depuis quinze ans, ces centaines de pages, ce n'était que pour donner à Athos la philosophie qu'il mérite. Pourtant je sais bien que si je devais découvrir aujourd'hui *Les Trois Mousquetaires, Vingt ans après* et *Le Vicomte de Bragelonne*, cela ne me ferait guère d'effet : très certainement, je n'irais pas au bout ! Ce que les Grecs appelaient le *kairos*, le temps opportun, le moment propice, l'occasion favorable, cela vaut également pour la lecture. J'ai davantage d'admiration aujourd'hui pour Proust ou Flaubert, et je sais combien eux aussi m'ont marqué en profondeur. Mais moins que Dumas toutefois, et pour des raisons qui ne tiennent pas à la littérature mais à la vie, à la mienne en l'occurrence, avec ce que cela suppose de contingence et d'irréversibilité...

Quête de l'ailleurs ? Oui, sans doute. Dumas m'a fait rêver, délirer presque : j'ai passé des heures, des jours, à cheval ou à la Cour, au XVIIe siècle, dans le bruit des épées,

entre Athos et d'Artagnan ! J'étais Bragelonne
ou Louis XIV, rien de moins (Athos, jamais :
je n'aurais pas osé), et ce sont peut-être les
heures les plus heureuses ou les plus exaltées
que j'aie jamais vécues... L'enfance est un
miracle et une catastrophe, et ce miracle est un
rêve en effet, et ce rêve est une catastrophe...
Mais enfin j'ai grandi. Le rêve m'intéresse de
moins en moins : j'aime mieux aujourd'hui les
livres qui me ramènent au réel, à la vérité, à
la lucidité... Plutôt les philosophes ou les
poètes, à nouveau, que les romanciers, et de
préférence ceux qui ne croient ni à la philosophie ni à la poésie. Montaigne, Pascal, Valéry,
Alain, Simone Weil, Wittgenstein, Bobin,
Laforgue... C'est mon panthéon du moment :
cela changera, puisqu'il n'y a pas de panthéon.
La littérature n'est pas une religion, voilà, les
écrivains ne sont pas des dieux, ou bien je suis
athée aussi de cette religion-là. Plus les livres
m'ont marqué et moins j'y ai cru. C'est une
forme de désespoir, si tu veux, mais tonique,
allègre, salubre. Sous les livres la vie, sous les
mots le silence. Tu connais la formule de
Valéry : « Le beau, c'est ce qui désespère. »
Un beau livre doit donc nous désespérer aussi

des livres. C'est le plus beau cadeau que me firent quelques grands écrivains : ils m'ont libéré d'eux en me libérant de moi, ou m'ont libéré de moi, au moins un peu, en me libérant d'eux... Tu sais, lorsque la mer se retire, à marée basse, et qu'on marche le long du rivage : cette douceur soudain, cette tranquillité, cette liberté... On dirait que quelque chose de nous est parti avec elle, là-bas, nous a quittés, et cela fait comme une paix nouvelle, comme une légèreté nouvelle. On respire mieux. On marche mieux. Comme la plage est grande ! Comme le ciel est beau ! J'en suis là : je lis de moins en moins ; je me promène, pieds nus, sur le sable... Enfin j'essaie, et je n'aime que les livres qui m'y aident.

Concernant les peintres ou les musiciens, c'est un peu la même chose, en plus net. Schubert et Chardin ont changé ma vie, non peu à peu, comme les philosophes ou les romanciers, mais tout d'un coup. C'était l'année d'après l'agrégation, je crois. Je faisais semblant de vivre et d'être heureux, d'ailleurs avec de moins en moins de succès, de moins en moins de conviction : je menais l'existence stupide et vaine d'un jeune intellectuel parisien. Puis un jour, je descendais le boulevard Saint-Michel avec mon meilleur ami de l'époque, nous nous arrêtons devant les présentoirs d'un disquaire. Mon ami me montre un disque soldé : « Tu connais ? » Non, je ne connaissais pas : c'était *La Jeune Fille et la Mort*, de Schubert, par le Quatuor hongrois. « Achète-le, me dit mon ami, c'est vraiment pas cher, et c'est génial ! » Ce que je fis. Sitôt rentré chez moi, je l'écoute sur le vieux tourne-disque que j'avais : cela me parut aride, acide, rebutant... Mais j'aimais cet ami, je lui faisais confiance plus qu'à moi-même : j'ai écouté puis réécouté le disque, des dizaines de fois, en quelques jours... Très vite l'émotion vint, puis l'admiration, puis les larmes... Tant de gravité, tant de profondeur, tant de beauté ! Je voyais ma vie, par contraste, comme elle était : absurde, frivole, malheureuse. Tout ce qui m'occupait encore, quinze jours plus tôt, me parut dérisoire. Tous ces livres, tous ces films, toutes ces discussions, tous ces projets... Je résolus aussitôt, par exemple, de ne plus lire que des livres qu'on pût comparer, sans trop de ridicule, à *La Jeune Fille et la Mort*... Tu imagines le tri que cela fait ! Adieu les thèses et les petits

essais brillants ! Adieu les nouveaux romans et
les critiques d'avant-garde ! Quelque chose
s'est cassé là, qui m'a séparé de la modernité du
moment, qui m'a éloigné de plusieurs de mes
amis, parfois douloureusement, pour me ren-
voyer à moi-même, à l'enfance, à la solitude, à
Athos... Je suis entré alors dans une période
esthétisante et archaïsante, dont il a bien fallu
plus tard que je sorte (l'art est un piège aussi,
d'autant plus redoutable quand on ne considère
que ses sommets), mais qui m'a sauvé au moins
du parisianisme et de l'intellectualisme dans
lesquels je baignais... C'est à la même époque,
grâce à Schubert donc, que j'ai découvert Chardin. Il se trouve que cette année-là, alors que je
ne m'intéressais plus qu'à l'art, il y eut deux
grandes rétrospectives simultanées, dans deux
musées différents, l'une consacrée à Magritte et
l'autre, tu t'en souviens peut-être, à Chardin.
Autour de moi, bien sûr, on parlait surtout de
Magritte... Je vis les deux expositions presque
le même jour. Magritte me déçut : c'était moins
beau que sur les cartes postales. Chardin, au
contraire, me bouleversa : c'était tellement plus
beau, plus vrai, plus profond, plus subtil, plus
riche, plus léger, plus précieux, plus lumineux,

non seulement que les quelques reproductions que j'en connaissais, cela va de soi, mais même que tout ce que j'avais jamais su voir ou admirer ! C'est la première fois par exemple, j'étais très ignorant, que je comprenais ce que c'était que la *matière*, chez un peintre, en quoi elle a à voir avec la vérité, avec le temps qui passe ou qui ne passe pas, disons avec l'éternité, et ce qu'il peut y avoir en elle d'inépuisable, de merveilleux, de déchirant... Moi qui faisais profession jusque-là d'aimer surtout Van Gogh et Picasso, je me découvrais autre, avec des goûts que je ne me connaissais pas : épris de douceur, de simplicité, de vérité, d'humilité... Ce fut une drôle de période, tu sais, et je n'en finirais pas si je voulais te la raconter : il faudrait parler aussi de Mozart et Beethoven, de Vermeer et Corot, de Corneille, de Rilke, de Victor Hugo, de Michel-Ange, de Ravel, de Bach... Et d'une femme, bien sûr. Toujours est-il que l'art et l'amour m'ont guéri de la vie vaine et mensongère que je menais alors, de « ces jeux faciles et frivoles, comme dit Rilke, par lesquels les hommes tentent de se dérober à la gravité de l'existence ». Puis la philosophie m'a délivré de l'art, peu à peu, puis d'elle-même... Que reste-t-il ? Il reste la vie, la vie réelle, avec l'art dedans, avec la philosophie dedans — mais à son service, et non plus à sa place ! Il reste la gravité de l'existence, en effet, cette gravité qui n'est ni la lourdeur ni le sérieux. Que la vie puisse être grave et légère, grave et dérisoire, c'est justement ce que l'art nous apprend de plus précieux, de plus déchirant, et que la philosophie nous aide à comprendre ou à accepter... C'est pourquoi Mozart est le plus grand de tous sans doute, ou le plus irremplaçable, en tout cas c'est lui qui m'a le mieux fait sentir (quoique seulement par moments, par éclairs : ce que Mozart a à nous dire, on n'est que bien rarement capable de l'entendre, mais cela ne s'oublie pas) ce que la vie avait de miraculeux et de désespéré, de très simple aussi, de très léger, de très pur, bref que la vie était grâce, et qu'il n'y a pas d'autre grâce que l'amour... Tu connais ces disques de Dinu Lipatti et Clara Haskil ? Je n'ai rien écouté de plus beau, de plus juste — j'ai envie de dire : *de plus vrai*. Quelle légèreté pourtant, quelle simplicité, quelle humilité ! Tout le monde n'est pas capable de jouer Mozart, ni de l'aimer, ni de le faire aimer. La virtuosité n'y peut rien. La volonté n'y peut rien. La grâce, par définition, ne se décide pas, ne se conquiert pas. L'amour n'est pas affaire de volonté, ni de technique, ou celles-ci ne sont que des conditions préalables. Préalables à quoi ? À un certain abandon, à une certaine transparence, à une certaine facilité, à une certaine pureté ou légèreté... Point trop d'angélisme pourtant. Que la grâce ne suffise pas, tu le sais aussi bien que moi, et c'est ce que Beethoven ou Schubert ne cessent de nous rappeler. Nous avons besoin aussi de courage, de douceur, de tendresse... La vie est tout cela, et c'est tout cela que la musique exprime, que la poésie chante, dans ses meilleurs moments (« La vie est là, simple et tranquille... »), que la philosophie essaie de penser... L'art au service de la vie, donc, et non pas la vie au service de l'art ! Le monde, quoi qu'en ait dit Mallarmé, n'est pas fait pour aboutir à un beau livre. C'est tout le contraire : les livres ne sont faits que pour dire la beauté ou l'horreur du monde (la beauté *et* l'horreur), l'éblouissement de vivre, le déchirement d'aimer... Puis l'effort, l'angoisse, la solitude, la fatigue... Ce qu'il nous aura fallu malgré tout de courage ! Ce courage-là se retrouve dans les grandes œuvres, dans toutes, et c'est pourquoi elles en donnent.

Tout ce que tu dis est si bien... Trop bien peut-être. Je me promène aussi pieds nus sur le sable, mais je perds souvent l'équilibre, et le sable devient mouvant. La légèreté, la pureté deviennent difficiles, une vraie conquête. L'éblouissement de vivre n'a jamais cessé. Mais non plus le refus du monde. Ni la révolte.

Oui, je connais les très beaux disques avec Clara Haskil... J'ai beaucoup écouté aussi Yves Nat... Les dernières sonates de Beethoven. Mais j'ai aimé passionnément les vivants de ma jeunesse. J'ai aimé ceux qui ont été contre le monde, dans son envers... Janis Joplin... Jim Morrison... Il y a une forme de violence dans laquelle je me retrouve : la rage de vivre contre. Toi, connais-tu la haine ? Et pour qui ?

La haine ? De moins en moins ! La colère et le mépris, oui, encore un peu. Mais la haine... Tu sais ce qu'écrit Spinoza : « Les hommes se haïssent d'autant plus qu'ils se figurent être libres. » Disons que j'ai trop conscience de la nécessité de tout pour haïr vraiment. Qui haïrait la mer ou le vent ? Et que sommes-nous d'autre qu'une bourrasque ou une brise, dans le grand vent du réel ?

Qu'une goutte d'eau, dans l'immense mer ?
Qui se choisit soi ? Il faudrait n'être rien, c'est
ce que Sartre a vu, et qui le réfute. La liberté
(au sens métaphysique du terme : le libre
arbitre, le choix de soi par soi, le pouvoir indé-
terminé de se déterminer soi-même...) n'est
possible qu'à la condition de n'exister pas. Le
réel nous en sépare : notre corps, notre vie,
notre histoire. Un salaud, ce n'est jamais
qu'un enfant qui a mal tourné. Et que reprocher à un enfant ? Et qui choisit de tourner
mal ? On m'a rapporté qu'un jour Malraux
interrogea un vieux prêtre, pour savoir ce qu'il
retenait de toute une vie de confesseur, quelle
leçon il tirait de cette longue familiarité avec
le secret des âmes... Le vieux prêtre lui répon-
dit : « Je vous dirai deux choses : la première,
c'est que les gens sont beaucoup plus malheureux qu'on ne le croit ; la seconde, c'est qu'il
n'y a pas de grandes personnes. » C'est beau,
non ? Le secret, c'est qu'il n'y a pas de secret.
Nous sommes ces petits enfants égoïstes et
malheureux, pleins de peur et de colère...
Haïr ? Ce serait ne pas comprendre, et se donner bien facilement raison. Une fois qu'on a
renoncé à la superstition du libre arbitre, à

l'idée que les gens feraient exprès d'être ce qu'ils sont, la haine s'apaise. Pour laisser place à l'amour ? Ne rêvons pas. Pour laisser place plutôt, et peu à peu, à la miséricorde et à la compassion. L'amour vaudrait mieux, bien sûr, mais en sommes-nous capables ? Si peu, si rarement, si mal... La miséricorde et la compassion sont davantage à notre portée. C'est en quoi le message du Bouddha, certes moins ambitieux ou exaltant, est sans doute plus réaliste que celui du Christ... Les béatitudes, si l'on ne croit pas en l'au-delà, c'est beaucoup nous demander, non ? Enfin chacun fait ce qu'il peut, et l'on ne peut guère. Mais justement, cela nous ramène à la haine, j'ai trop conscience du peu que nous sommes et que nous pouvons, j'ai trop conscience de notre misère, comme dit Pascal, j'ai trop conscience de notre faiblesse, trop conscience des déterminismes qui pèsent sur chacun de nous, des hasards qui nous font et qui nous défont, pour pouvoir détester vraiment. Comment haïr un animal ? Et que sommes-nous d'autre ? Je ne crois pas assez à l'humanité pour détester les hommes. L'antihumanisme et la miséricorde vont de pair. « Le matérialisme, disait La Mettrie, est l'antidote de la misanthropie » : il est d'autant plus humain qu'il est moins humaniste (qu'il se fait moins d'illusions sur les hommes). Je prends « antihumanisme », tu l'as compris, au sens d'Althusser : il ne s'agit pas des droits de l'homme mais de la conception que l'on se fait de l'humanité, non de ce qu'on *veut* pour les hommes (de l'humanisme pratique) mais de ce qu'on en *pense* (ce pourquoi Althusser parlait d'antihumanisme *théorique*). Or je n'en pense pas assez de bien pour leur reprocher le mal qu'ils peuvent faire, je ne m'illusionne pas assez sur leur liberté pour pouvoir les haïr. Au rebours, combien d'humanistes ont fait payer chèrement aux hommes la haute idée qu'ils se faisaient de l'humanité ?

Est-ce à dire que tout aille pour le mieux dans le meilleur des mondes ? Au contraire ! Tout va mal, puisque tout meurt, puisque toute vie est souffrance, comme dit le Bouddha, puisqu'on ne sait ni aimer ni perdre... Mais à nouveau cela pousse davantage à la compassion qu'à la haine. « La légèreté, la pureté deviennent difficiles », dis-tu. Comme c'est vrai ! Comme la vie se fait lourde parfois !

Comme on voudrait s'asseoir et pleurer ! Oui,
ce qui demeure en moi, ce n'est pas la haine :
c'est l'horreur, le dégoût, le refus, les larmes.
C'est folie, en un sens : la sagesse serait d'accepter tout. Mais je me moque de la sagesse.
Ou si je veux bien accepter à la rigueur, puisqu'on ne peut faire autrement, je me refuse à
célébrer. Le monde n'est pas Dieu. La vérité
n'est pas Dieu. Accepter, supporter, oui, puisqu'il le faut ; mais qu'on ne me demande pas
d'applaudir ! Le monde est atroce, la vie est
atroce : toute cette souffrance, toutes ces injus-
tices, toutes ces horreurs sans nombre... C'est
Laforgue qui a raison, là encore : « La vie est
vraie et criminelle. » Quelle formule plus
exacte ? On dira qu'il y a aussi des plaisirs,
des joies... Bien sûr, mais cela ne compense
pas ! Mille enfants qui rient, cela ne fait pas
le poids contre un qui souffre ou qui meurt.
L'horreur est la plus forte. La souffrance est
la plus forte. La mort est la plus forte. Cela
n'empêche pas de jouir de la vie tant qu'elle
est là, du plaisir tant qu'il est là. Mais cela
empêche, ou devrait empêcher, d'en jouir avec
trop d'enthousiasme ou d'égoïsme. La seule
sagesse aujourd'hui acceptable est une sagesse

tragique, comme dit mon maître Marcel
Conche, autrement dit une sagesse qui ne fait
pas l'impasse sur l'atrocité quotidienne : une
sagesse qui ne fait pas comme si le pire n'existait pas, comme si Auschwitz n'existait pas,
comme si la souffrance des enfants et la décré-
pitude des vieillards n'existaient pas... Sagesse
tragique : sagesse du désespoir. Je n'ai jamais
pu supporter, à l'inverse, les sagesses de la
justification, de la célébration, de la glorification : les sagesses de l'oubli, de l'optimisme
ou du mensonge ! Par exemple, chez Leibniz,
cette volonté obscène de célébrer tout, même
le pire, au nom du meilleur, et de donner raison à Dieu, quoi qu'il fasse ou quoi qu'il
advienne. Ni, chez Hegel, cette théodicée de
l'histoire, comme il dit, cette justification de
Dieu, cette glorification de l'Esprit ou de
l'État, tout ce qui ressemble à une providence,
comme il dit encore, ou qui en tient lieu...
Même chez les stoïciens, malgré leur gran-
deur, cela m'a gêné longtemps (« Ce sont les
lèche-cul du bon Dieu, me disais-je, les béni-
oui-oui du destin »), et encore aujourd'hui cela
m'empêche de les suivre tout à fait. Trop de
religion, trop de soumission au Dieu-Monde.

Leur excuse est qu'ils n'en attendaient rien, aucune récompense. Mais cela les excuse-t-il complètement ? Accepter l'horreur, soit ; mais faut-il encore dire merci et bravo ? J'aime mieux la douceur désespérée d'Épicure, et la colère de Lucrèce...

Yves Nat ? Je le connais surtout dans Schumann, et je n'aime pas Schumann. Trop sombre, trop flou, trop fou... J'ai assez à faire avec ma propre mélancolie pour ne pas m'encombrer de la sienne ! Même dans Schumann, d'ailleurs, j'aime mieux Clara Haskil ou Dinu Lipatti. Par exemple ils ont enregistré tous les trois le *Concerto pour piano* : Dinu Lipatti me paraît l'emporter nettement, par la grâce là encore, par la noblesse, par la légèreté, par je ne sais quelle élégance souveraine, qui relève bien davantage de la vie spirituelle que de l'esthétique... On dirait un saint qui jouerait du piano. L'était-il ? Je n'en sais rien. Mais un salaud ne jouerait pas comme ça. Dans les *Scènes d'enfants* en revanche (je ne crois pas que Dinu Lipatti les ait enregistrées, mais Yves Nat si, deux fois, et il se trouve que j'ai les deux disques), et spécialement dans la *Rêverie*, c'est plutôt Clara Haskil qui me paraît miracu-

leuse... Cette petite femme malade et rabou-
grie, quelle leçon d'humanité et de musique !

Quant à Janis Joplin ou Jim Morrison, je
t'avoue que j'en ignore tout. Mai 68 m'a jeté
dans la politique pure et dure, très jeune, avec
ce qu'elle avait alors d'archaïquement conti-
nental, et cela m'a coupé de toute une culture
musicale de ce temps-là, elle aussi protesta-
taire, je sais bien, mais d'inspiration plutôt
anglo-saxonne ou américaine... J'étais du côté
de *Bandiera rossa*, si tu veux, plutôt que de
Woodstock... Puis j'étais nul en anglais, et
j'aimais surtout les chansons à texte... Cela ne
m'a pas empêché d'aimer Fats Domino ou les
Beatles, mais le fait est que j'ai le sentiment
d'être passé, ces années-là, à côté de quelque
chose d'important. Mon meilleur ami ne jure
que par Jimi Hendrix et Bob Dylan : à chaque
fois qu'il m'en parle, j'en ai des regrets rétros-
pectifs. Toujours est-il que mes chanteurs pré-
férés, et ils m'ont fortement marqué, ce furent
plutôt Brel, Brassens, Piaf, Barbara... Pas des
gens qui vivent *contre*, donc : des gens qui
vivent, simplement. Pas des gens qui détes-
tent : des gens qui aiment ou qui pardonnent.
Et pas non plus des gens qui célèbrent ou qui

justifient : des gens qui acceptent ou qui sup-
portent. Tu sais, mon plus grand souvenir, en
matière de chanson, et même l'une des plus
fortes émotions esthétiques de ma vie, je l'ai
ressentie vers vingt ans, dans les toilettes d'un
camping, je ne sais plus où au Portugal : j'étais
aux toilettes, donc, et soudain, dans cette
odeur d'urine et de javel, une femme de
ménage (je ne la verrai qu'en sortant : elle
lavait le sol, vêtue de noir, sans âge, les
jambes étonnamment poilues...) s'est mise à
chanter : le *fado* éternel était là, la souffrance
éternelle, la beauté éternelle. Sans haine, sans
colère, et sans non plus de consolations, de
justifications, de glorifications : la vie telle
qu'elle est, atroce et précieuse, déchirante et
sublime, désespérante et désespérée... La vie
difficile, tellement difficile. Le destin, si tu
veux (tu sais que « *fado* » vient de « *fatum* »),
mais sans providence : les choses telles
qu'elles sont, la vie telle qu'elle passe... Le
réel, simplement. Oui, cette chanson-là expri-
mait au fond tout ce que j'aimais, tout ce que
j'aime : le courage plutôt que la colère, la douceur plutôt que la violence, la miséricorde plutôt que la haine... Je ne suis pas non violent,

note bien ; mais je n'aime la violence qu'au service de la douceur. Tu te souviens des *Sept Samouraïs* ? Il est presque vieux déjà : c'est un héros fatigué. On lui dit qu'il va mourir, sans gloire, sans argent, rien que pour sauver quelques paysans pauvres... Il ne répond pas : il sourit. Lumineusement, il sourit ! Ce sourire-là, c'est la plus belle image que j'aie jamais vue de la sagesse. La force n'est acceptable qu'au service de la faiblesse. Sans espoir. Sans haine. C'est aussi ce qu'on peut appeler l'amour, si l'on veut, si l'on s'en croit capable. L'Orient, plus modeste ou plus lucide que nous, parlerait plutôt de compassion et de détachement... Peu importe. Le sourire dit l'essentiel : un moment de douceur et de courage avant la fureur des combats... Athos, qui ne souriait guère, aurait aimé ce sourire-là.

Non, décidément, je n'ai pas la rage de vivre contre, comme tu dis, ni même de vivre pour : j'essaie de vivre avec...

Woodstock et les chanteurs de cette génération, c'est aussi le désir de sagesse, de paix. Quelque chose de l'Orient. La route des Indes.

Il y a l'aspiration à ce détachement de soi — sans y arriver — et le retour, plus radical encore après, à la violence, au refus du monde, à la terreur de vivre. J'ai aimé cela bien sûr chez Hendrix, cet aller-retour. Cette violence intérieure après l'impossible, avec cette agression presque physique, et je m'y reconnais encore aujourd'hui. La voix de Janis Joplin est l'exaspération, et aussi la consolation de tout cela.

La sagesse tragique... C'est presque un idéal. Peu de sagesse chez moi, peu de tragique. Plutôt une mélancolie, une humeur noire fortement teintée de révolte, et alors l'action, la vie, la passion l'emportent.

C'est ici, me dis-tu, qu'il faut s'arrêter de bavarder ; et je ne trouve pas de question à poser. J'aime croire que tu détiens une vérité que je ne connais pas. Et tant qu'elle me demeurera inconnue, sûrement je n'arrêterai pas de te parler. Pour savoir.

Je ne détiens aucune vérité inconnue, ni moi ni personne. Le problème n'est pas de découvrir une autre vérité, qui manquerait, qui ferait défaut (tout est vrai : la vérité est tout), mais de

comprendre qu'il n'y a rien d'autre à trouver
que la vérité, rien d'autre à chercher, donc, et
qu'on est déjà dedans, et qu'on en connaît déjà
plus qu'assez pour en vivre... Le Bouddha ou le
Christ en savaient moins que nous, beaucoup
moins, mais cela ne nous donne sur eux aucune
supériorité spirituelle. À quoi bon accumuler
savoir sur savoir, si c'est pour rester prisonnier
de soi et de sa peur ? Les vérités ne manquent
pas, elles sont plutôt « importunes par leur
masse, comme disait Alain, et par la difficulté
de les faire tenir ensemble : on les a sur les bras,
on ne sait où les mettre »... Oui, les vérités sont
partout, hors de nous, bien sûr, mais en nous
aussi, peu ou prou. Comment saurions-nous
autrement ce que c'est qu'une vérité ? Et
qu'une erreur ? C'est ce que Spinoza appelle la
norme de l'idée vraie donnée : si la vérité n'était
déjà là, si nous n'étions en elle, comment pour-
rions-nous la trouver ? Comment pourrions-
nous, même, la chercher ? La vérité est là, toujours déjà là : vérité du monde, vérité du devenir. Même l'erreur en fait partie — puisqu'elle
est vraiment fausse. Ce n'est pas la vérité qui
nous manque : c'est nous qui la manquons,
parce que nous ne cessons de chercher autre

chose, que nous ignorons, pour donner sens au réel que nous connaissons... Or, dès que nous découvrons cette autre chose, c'est pour nous apercevoir qu'elle n'a pas plus de sens que le reste, et qu'il faut donc chercher encore... Le sens fait toujours défaut, et ce défaut c'est le sens même. Quand Spinoza écrit : « Par réalité et par perfection j'entends la même chose », il indique par là que rien n'a de sens, rien, ni Dieu ni monde, autrement dit que la vérité suffit à tout, et se suffit, puisqu'il n'y a rien d'autre. L'immanence, c'est cela : tout est là, il n'y a rien d'autre à chercher que tout, rien d'autre à trouver que tout, où nous sommes déjà. On ne peut trouver Dieu qu'en Dieu, ou la vérité qu'en vérité. C'est pourquoi « plus nous connaissons de choses singulières, plus nous connaissons Dieu » : Dieu n'est pas derrière les choses, ni au-delà, comme leur sens ou leur secret ; il est ces choses mêmes, toutes ces choses, tout ce qui arrive (« la nature », dit Spinoza), et c'est pourquoi il n'y a pas de Dieu, ni de sens. Il n'y a que la vérité : il n'y a que tout. Et les hommes, absurdement, cherchent autre chose : comme si tout, ce n'était pas assez ! Cette *libido sciendi* (ce désir

de savoir) n'est qu'une folie comme une autre,
et la plus insatiable peut-être (le sexe vaudrait
mieux : il est plus facile à satisfaire !). Tous
ces chercheurs qui s'épuisent toute leur vie
pour découvrir, six mois ou six ans avant leurs
collègues, une petite vérité de plus... Sociale-
ment, techniquement, ils sont bien sûr utiles,
et c'est pourquoi on les paye. Mais comment
penser que cela puisse remplir une existence ?
Toute une vie pour gagner six mois !... Il n'y
a pas de sot métier, c'est entendu, mais il serait
bien sot d'être dupe de celui-là. La sagesse
n'est pas la science ; aucune science ne tient
lieu de sagesse. Il ne s'agit pas de chercher ce
qu'on ignore, mais d'habiter ce que l'on sait.
D'aimer ce que l'on sait. La sagesse n'est pas
une vérité de plus : c'est la jouissance de
toutes. Or qui sait jouir d'une seule, pleinement, il sait jouir de l'ensemble auquel elle
appartient. Qu'as-tu besoin, pour aimer les
étoiles, d'en connaître le nombre ? Et pour
aimer un homme, d'en connaître tout ? Il est
là, devant toi, parfaitement vrai, jusque dans
ses mensonges, parfaitement réel, jusque dans
ses rêves... Si tu n'en connaissais rien, tu ne
pourrais pas l'aimer, c'est sûr ; mais comme il

serait fou de vouloir le connaître dans tous ses détails (dans tous ses malheureux et inépuisables détails !) avant de l'aimer en entier ! Le réel n'est pas un puzzle. L'amour n'est pas un puzzle. « Attends un peu, chéri, encore une pièce, puis une autre, puis encore une autre, je sens que je vais bientôt t'aimer tout à fait... » Non. Il est là, devant toi : tu le vois, tu le regardes, et c'est déjà un lot inépuisable de vérités... Bobin, là encore, a trouvé les mots justes : « Une once de réel pur suffit à qui sait voir. » Or le réel est pur, toujours, au regard pur. La vérité suffit : l'amour suffit.

Tu vas encore me trouver trop gentil, trop doux... Que te dire ? L'horreur est vraie aussi, et la haine. Mais justement : que peuvent-elles contre la vérité qui les contient ? Et contre l'amour ? Que l'amour échoue, comme dit encore Bobin, nous le savons bien ! Mais enfin cela ne pourrait valoir, comme argument, que pour ceux qui préfèrent le succès à l'amour, les « gagneurs », comme on dit aujourd'hui, et grand bien leur fasse. Mais pour nous, qui préférons l'amour au succès ? Que l'amour échoue, cela ne le réfute pas ! Que prouve la mort contre la vie ? Que prouve l'échec contre le courage ? C'est la vérité du calvaire : l'amour est faible, l'amour souffre, l'amour meurt... C'est à savoir. Mais cela ne retire rien à l'amour, ou cela ne lui retire que ses illusions. Vérité de l'amour : vérité du désespoir. Cette vérité en vaut bien d'autres, et elle suffit. Laissons aux prêtres et aux esprits frivoles les bonnes paroles qui réconfortent, les bonnes petites espérances, les bons petits mensonges qui aident à vivre. L'amour triomphant, l'amour invincible, l'amour immortel... Il y a des croix, à tous nos carrefours, qui rappellent bien clairement le contraire. Alain est indépassable ici : « Si l'on me parle encore du dieu tout-puissant, je réponds, c'est un dieu païen, c'est un dieu dépassé. Le nouveau dieu est faible, crucifié, humilié... Ne dites point que l'esprit triomphera, qu'il aura puissance et victoire, gardes et prisons, enfin la couronne d'or... Non. Les images parlent trop haut ; on ne peut pas les falsifier ; c'est la couronne d'épines qu'il aura. » Dieu n'est Dieu que sur la croix : il n'y a donc pas de Dieu, et toute religion est idolâtre. Mais, encore une fois, qu'est-ce que cela retire à l'amour ? à la joie ? à la douceur ? L'esprit de Mozart souffle là

(souviens-toi du *Concerto pour clarinette...*),
l'esprit de Schubert souffle là (souviens-toi du
Quintette en ut...), et la sagesse tragique n'est
pas autre chose. Non pas l'amour plus fort que
la mort, mais l'amour malgré la mort, et hors
de son atteinte tant qu'il dure. Immortel ?
Certes pas. Mais éternel, ici et maintenant
éternel, oui, sans doute, comme tout ce qui
advient et passe. Pur présent de la présence :
vérité de l'éphémère. C'est la vie éternelle, et
c'est la nôtre, et c'est la seule. « Tout homme
est éternel à sa place », disait Goethe lisant
Spinoza ; j'en dirais de même de tout amour,
et tel est en effet le plus clair message de
l'*Éthique*. L'éternité c'est maintenant. C'est
dire aussi qu'il n'y en a pas d'autre, et c'est
où l'on retrouve le désespoir. Le Cantique des
Cantiques se trompe. La religion se trompe.
L'amour n'est pas plus fort que la mort, pas
plus fort que la souffrance, pas plus fort que
la haine. S'il l'était, cela se saurait, cela se
verrait ! Mais il n'a pas besoin d'être fort, en
tout cas pas besoin d'être le plus fort : la joie
lui suffit, la douceur lui suffit, l'amour lui
suffit !

Tu vois que Woodstock n'est pas si loin, ni

l'Orient... Mais l'image qu'en a donnée la jeunesse américaine m'en a plutôt tenu éloigné, par je ne sais quoi de factice ou de spectaculaire. La vérité fait moins de bruit. L'amour fait moins de bruit. Puis toutes ces illusions sur la drogue ou le sexe... L'Orient, quand je m'y suis intéressé, m'a paru plus silencieux, plus simple, plus vrai. Peu importe. Chacun son chemin. Pour aller où ? Nulle part, puisque nous y sommes déjà ! Tant que la sagesse est un idéal, elle n'est qu'une folie comme une autre. Ce qu'il y a de révolte ou de mélancolie en toi est plus sage, parce que plus réel, que toute sagesse que tu pourrais rêver. Mais si tu savais les vivre jusqu'au bout, révolte et mélancolie finiraient par se dissoudre, c'est du moins ce qu'enseignent les maîtres, dans cette vérité qui les contient et qu'elles refusent... Pouvons-nous le vivre ? Je ne sais, et cela n'a pas tellement d'importance. Les maîtres sont plus heureux que nous sans doute, ce n'est pas difficile. Mais pas plus vrais, mais pas plus réels. « La vie l'emporte », dis-tu... Oui, et elle s'emporte elle-même. La sagesse est de se laisser porter avec elle, par elle, en elle, bonheur ou malheur, sagesse ou folie. C'est la sagesse de Montaigne, la sagesse du vent, et c'est la seule : le vent ne veut rien dire, rien prouver, rien sauver, mais il « s'aime à bruire et à s'agiter », et cela fait comme une musique dans le silence du monde, comme un silence dans le brouhaha des hommes... Oui, tout ce que je pourrais te dire est comme rien, Judith, à côté de ce que le premier vent venu, sans le dire, pourrait nous apprendre. Pas une autre vérité, mais la vérité même : le monde, le silence, l'éternelle fugacité de tout... Ce fut bien doux, pourtant, notre bavardage, comme tu dis, et ce n'était pas autre chose, et c'est tant mieux. Mais il faut bien qu'il s'arrête : nous en oublierions d'écouter le vent...

L'effort de vivre

Entretien avec Charles Juliet

Que demandez-vous à l'écriture ? Que vous apporte-t-elle ?

Je lui demande de moins en moins. Je dirais volontiers qu'elle m'apporte de plus en plus, mais ce n'est pas vrai. Je lui demande de moins en moins et elle m'apporte de moins en moins. C'est bon signe, me semble-t-il, et quelque chose que je dois à l'écriture. Elle m'a apporté ceci de décisif : le sens et l'acceptation de sa vanité, de son inessentialité, de son échec ultime... Sartre écrit quelque part que *La Nausée*, face à un enfant qui meurt, ne fait pas le poids. Adolescent, cela m'avait choqué ou irrité. J'y vois maintenant une évidence, qu'il serait obscène de nier. Je n'en continue pas moins d'aimer la littérature ou la philosophie : je les aime mieux, me semble-t-il, plus lucidement, plus sereinement. Disons que l'écriture m'a désillusionné d'elle-même. Je lui demandais tout, et elle ne m'a apporté que son presque rien, que son quasi-néant. Mais c'était un cadeau somptueux. Plus elle se libère de soi, moins l'écriture fait écran au réel ; moins on se trompe sur elle, moins elle nous trompe sur le monde. Il va de soi que, sur cette question, j'ai beaucoup évolué, et justement parce que l'écriture ne m'a pas apporté ce que je lui demandais d'abord : le salut, l'éternité, une existence tout entière fondée et justifiée... Comment l'aurait-elle pu ? Je sais maintenant que l'écriture n'est pas un salut, qu'elle n'a jamais justifié personne, jamais sauvé personne, mais ce savoir au moins (même si d'autres ont pu y atteindre par d'autres voies), c'est à l'écriture que je le dois. À l'écriture, pas à mes livres. Car cette vanité de la littérature ou de la philosophie, je l'avais découverte et acceptée bien avant d'achever le moindre ouvrage, et je n'ai pu en achever un, sans doute, que du jour où j'ai cessé de croire absolument à l'écriture...

Êtes-vous attiré par une autre forme d'expression que celle que vous avez pratiquée jusque-là ? Écrirez-vous un jour un roman ? Des poèmes ?

Un roman, certainement pas ! Je m'en suis expliqué avec Judith Brouste, et je ne voudrais pas me répéter trop. Juste une confidence, si vous voulez. J'ai commencé par écrire des romans, ou par essayer, et j'ai mené à bien, en tout cas, quelques nouvelles... Mais j'ai vite vu que tout ce que j'écrivais, en littérature, était d'une infinie tristesse : on aurait dit que toute la fatigue du monde, que tous les chagrins du monde, et les miens propres, devaient venir là, se coucher sur une page... Ce n'était qu'un long sanglot en prose, d'ailleurs bien terne le plus souvent. Alors que quand je me suis mis à une écriture plus philosophique (un recueil d'aphorismes, resté inédit), et sans que ce soit en rien délibéré, tout s'est animé, réveillé, recomposé... On était passé du crépuscule à l'aurore, du dégoût de vivre à la joie de penser. J'ai choisi d'aller là où me menaient la joie, la santé, la lumière... Ai-je eu tort ? Je ne le crois pas. Outre le plaisir bien vif que j'y ai trouvé, j'y ai aussi gagné, me semble-t-il, davantage de vérité. Car enfin pourquoi les affects seraient-ils plus vrais que les idées ? Quelle vérité en eux, sinon celle qu'on peut en penser ? Je ne crois pas trop à l'ineffable, à l'indicible... Que la vérité soit silencieuse, loin que cela nous interdise de la dire, c'est au contraire ce qui nous le permet. Mais laissons. Affect pour affect, la joie vaut mieux que la tristesse et nous en apprend davantage. C'est l'esprit de Montaigne ; c'est l'esprit de Spinoza. D'autant que cette joie de la pensée, que je découvrais alors, ne venait pas de je ne sais quelle thèse optimiste ou réconfortante, au contraire : j'ai essayé de penser au plus près de ma vie réelle, telle que je la percevais, et ce n'est pas par hasard que je suis parti de l'idée de désespoir. Mais justement, ce que j'ai découvert, dans cette écriture philosophante, c'est que la vérité de la tristesse n'est pas triste, que la vérité de l'angoisse n'est pas angoissée, ni angoissante, que la vérité du désespoir n'est pas désespérée, ni désespérante, ou bien en un tout autre sens que celui du mélancolique ou du déprimé... Je pourrais dire cela à la manière de Spinoza : ce n'est pas parce qu'une idée est joyeuse qu'elle est vraie, c'est au contraire parce qu'elle est vraie qu'elle peut être joyeuse. On m'objectera qu'on peut aussi se réjouir pour telle ou telle illusion que l'on se fait. Sans doute, mais c'est alors une joie illusoire, et c'est dire assez ce que serait une vraie joie : la seule vraie joie c'est la joie vraie, je veux dire celle qu'on ressent, lorsqu'on en est capable, face à une vérité. Or, qu'on puisse penser gaiement cette même vérité qui, affectivement, nous attriste, c'est l'expérience quotidienne de la philosophie et son cadeau le plus précieux. C'est le gai savoir de Nietzsche ou de Clément Rosset : ce que Spinoza appelait la joie de connaître ou — mais cela revient au même — l'amour de la vérité. En retour, cette pensée allègre (qui est la pensée même) m'a éclairé sur la tristesse de mes tentatives littéraires passées : ce n'est pas la vérité qui se disait là, mais mon incapacité à la supporter ! De fait, j'ai mieux compris ce qu'il y a en moi de sombre ou de mélancolique en y confrontant ma pensée, ou en le confrontant à elle, que je n'aurais pu le faire en m'y vautrant à longueur de romans. Vous me direz qu'un roman peut aussi être gai, tonique, lumineux... J'entends bien, et ce sont ceux que je préfère. Mais ceux-là, je ne me sentais pas capable de les écrire.

Et aujourd'hui ?

Je ne sais : il y a trop longtemps que je n'ai pas essayé ! Pour l'instant, c'est surtout l'envie qui manque. Mais enfin, je ne m'engage à rien : on a le droit de changer d'avis, et cela viendra peut-être. Cela dit, quitte à revenir à la littérature, je serais davantage porté vers le théâtre. C'est pour moi le grand genre, par ses contraintes mêmes, par cette concision obligée, cette incarnation obligée, comme une parole perpétuellement sauvée par l'écriture, comme une écriture transfigurée par la parole... Aurai-je un jour le courage de m'y risquer ? Je n'en suis pas sûr. Il m'arrive d'y rêver ; mais les rêves n'ont jamais suffi à faire une œuvre... Je me console en essayant de retrouver, par et dans la philosophie, quelque chose du plaisir d'écrire, peut-être même de l'art d'écrire. J'aime la prose, et spécialement la prose d'idées. Mes maîtres, ici, sont Montaigne et Pascal, Rousseau et Diderot, Nietzsche et

Bergson, Alain et Valéry... Exemples écrasants ? Sans doute. Mais ils me portent davantage qu'ils ne me paralysent.

Vous n'avez rien dit des poèmes...

C'est autre chose. J'en ai écrit beaucoup, et je n'ai jamais cessé tout à fait. La poésie me paraît l'essentiel de ce que le langage peut dire et porter. Mais écrire est une chose ; publier en est une autre. J'admire trop quelques très grands poètes (Victor Hugo, Baudelaire, Péguy, Saint-John Perse, Christian Bobin...) pour vouloir rivaliser avec eux. C'est une question de talent : je fais ce que je peux avec ce que j'ai. Cela dit, s'il fallait choisir, je mets malgré tout les *Pensées* de Pascal ou les *Essais* de Montaigne plus haut que *La Légende des siècles* ou *Les Fleurs du mal*. C'est étrange au fond, car je ne dirais pas que je mets la philosophie plus haut que la poésie : c'est plutôt l'inverse. Pourquoi ce décalage ? Sans doute parce que Pascal et Montaigne ont inventé quelque chose qui excède toutes les classifications, où l'écriture est tout entière au service de la vérité, ou d'une vérité, et trop

déprise de soi pour se préoccuper encore de
tel ou tel genre littéraire ou philosophique...
Vous savez ce qu'écrit Montaigne : « J'aime
l'allure poétique, à sauts et à gambades... » Et
l'exemple qu'il en donne, ce n'est pas Horace
ou Virgile, c'est Platon et Plutarque ! Cela
m'éclaire, et pas seulement sur Montaigne.
L'allure poétique (la poésie en action, à
l'œuvre, la poésie vivante et agissante !) est
plus importante que les poèmes ; la vérité, plus
précieuse que la philosophie.

*En publiant, espérez-vous exercer une
action sur autrui ? Si oui, comment la défini-
riez-vous ?*

En tout cas, je constate les effets de mes
livres, sur tel ou tel, et je m'en réjouis. J'ai
reçu il y a peu, envoyé par un lecteur, un
article découpé dans un journal belge ou
suisse, je ne sais plus : il y est question d'un
adolescent qui a fait une tentative de suicide,
et à qui son psychanalyste, pour l'aider à s'en
sortir, a offert mon *Traité du désespoir et de
la béatitude*... Cet adolescent dit s'en trouver
bien : il a renoncé à se suicider et entrepris des

études de philosophie... « Ce qui tue les gens, explique-t-il, c'est le fait d'espérer. Lorsqu'on accepte que tout est désespéré, il est plus facile d'atteindre le bonheur. » Or il se trouve que quelques jours après avoir reçu ce courrier, je rencontre un psychiatre chez une amie commune : je lui conte l'anecdote, et il me répond que lui-même, de son côté, a bien souvent conseillé la lecture de mes livres, non pour telle ou telle vertu thérapeutique qu'ils auraient, mais parce que la thérapeutique n'est pas tout et qu'il faut bien apprendre à vivre... Pourquoi cacher que de tels faits me réjouissent ? Je peux d'autant plus le dire sans trop d'immodestie que ce qu'il y a de tonique ou de roboratif dans mes livres ne vient pas de moi, comme individu, mais de telle ou telle vérité qui s'y trouve, que je n'ai pas inventée, ni découverte, mais tout au plus rencontrée, ici ou là, au fil des jours, de mes expériences, même douloureuses, ou de mes propres lectures... Mais enfin, que mes livres servent, bien sûr que j'y suis sensible ! Et à quoi pourraient-ils servir de plus précieux qu'à la joie, qu'à l'amour de la vérité et de la vie ? C'est mon gai savoir à moi : non que je sois toujours capable de le vivre, ni souvent, mais parce qu'il m'aide à supporter tout ce qui, en moi, reste prisonnier de la tristesse, de l'angoisse ou (les deux vont ensemble) de l'espérance. Je dirais volontiers que c'est parce que je suis très peu doué pour la vie que j'ai eu besoin de tant philosopher ; mais c'est aussi pourquoi, sans doute, mes livres peuvent en aider d'autres... Cela rejoint cette lettre d'un psychanalyste, lorsque mon premier livre est paru, qui m'écrivait que l'espérance lui semblait la principale cause de suicide (on ne se tue guère que par déception) et que mon travail pouvait à ce titre aider à vivre, et joyeusement. C'est bien en tout cas ce que j'ai voulu faire : c'est un *Traité du gai désespoir* que j'ai tenté d'écrire, et je crois, au total, y être parvenu à peu près. Cela dit, ce n'est pas une panacée : non seulement la philosophie ne peut rien contre la maladie mentale, cela va de soi, mais, même concernant les différents types de personnalité, j'ai souvent remarqué que mes livres parlaient davantage à ceux qui penchaient vers la mélancolie qu'à ceux qui flirtaient avec l'hystérie. Ce n'est sans doute pas un hasard. Peut-être ne peut-on aider que ceux auxquels on ressemble au moins un minimum ? Puis les problèmes ne sont pas non plus les mêmes pour tout le monde. Le mélancolique n'est malade que de la vérité, explique à peu près Freud, quand l'hystérique, homme ou femme, est surtout prisonnier du mensonge... Or, tant que la vérité n'est pas là, tant qu'elle n'est pas perçue, fût-ce dans l'horreur, tant qu'elle n'est pas reconnue, affrontée, on ne peut guère philosopher ! Vous me demandiez quelle action je souhaite exercer sur autrui. Eh bien voilà : je voudrais aider mes lecteurs à affronter la vérité plutôt qu'à la fuir, puis à la supporter, à l'accepter, à l'aimer peut-être... Dur chemin : c'est celui qui mène de l'horreur à la philosophie, puis de la philosophie, dans le meilleur des cas, à ce petit peu de sagesse parfois dont nous sommes capables... C'est le chemin de vivre, et il m'est doux de penser que, sur ce chemin difficile, j'ai pu accompagner un temps — beaucoup me l'ont dit, beaucoup me l'ont écrit — tel ou tel inconnu... La vie est trop difficile pour qu'on puisse mépriser les secours, même limités, qu'on peut recevoir ou donner.

Lorsque vous cherchez à percevoir ce qui survient au plus opaque de vous-même, arrive-t-il que votre savoir soit une gêne, un écran ?

Cela peut arriver : à force d'avoir des idées sur la vie, on croit parfois que la vie est une idée... Mais la philosophie m'a pourtant rapproché du réel, me semble-t-il, davantage qu'elle ne m'en a éloigné. C'est peut-être aussi que, par goût, j'étais surtout porté aux philosophies les moins spéculatives, les moins ronflantes, à celles qui se donnent plutôt pour but de dégonfler telle ou telle illusion bien sonore, enfin qui ramènent au réel à grands coups de démystifications ! Lucrèce, Spinoza, Nietzsche (celui du *Gai Savoir* plutôt que du *Zarathoustra*), Freud, Althusser... De ce dernier, j'ai surtout retenu les dernières œuvres, où il démystifie sa propre pensée, et j'y ai vu une leçon générale, qui valait bien au-delà du marxisme. C'est d'ailleurs un thème qu'on retrouve dans son autobiographie posthume : toute philosophie qui se prend au sérieux est une imposture idéologique, explique-t-il, contre quoi il s'agit de « ne plus se raconter d'histoires ». C'est la seule « définition » du matérialisme à laquelle il reconnaisse tenir. Je suis comme Clément Rosset : je trouve cette « définition » excellente, quoiqu'on ne puisse pas s'en contenter (conceptuellement, elle est bien sûr insuffisante), et je la reprendrais volontiers à mon compte. En vérité ce n'est pas une définition du tout (Althusser n'en est pas dupe, c'est pourquoi il met le mot entre guillemets), mais elle dit bien l'esprit du matérialisme, et c'est l'esprit d'Épicure, de Lucrèce, de La Mettrie... Marx l'eût-il poussé jusqu'au bout, il n'aurait jamais pu croire à la dialectique, ni au communisme : la face du monde en eût été changée, peut-être. Mais je reviens à votre question. Mon savoir, ou ce que vous appelez ainsi, je veux dire ce que les livres ou les philosophes m'ont appris, m'a moins séparé du monde et de la vie que ne m'en séparaient d'abord tout un lot d'illusions, de préjugés, d'espérances, d'angoisses, de superstitions... Il reste qu'au plus opaque, comme vous dites, chacun est seul et doit trouver son chemin. Mais tout se tient : les livres que j'ai aimés m'ont enseigné aussi que la vérité n'est pas un livre, ni un discours, qu'elle n'a pas de sens, et qu'aucun sens, en conséquence, n'est le vrai. *Alogos*, disait Épicure : sans raison, sans discours, sans signification... C'est ce que j'appelle maintenant le silence ; le mot convient mieux que celui d'opacité, car le silence, lui, est transparent au vrai.

Seriez-vous d'accord pour admettre que le savoir doit impliquer un savoir-vivre ?

Non. Le savoir n'implique rien : la vérité est sans morale, sans égards, sans devoirs, et même la politesse lui est indifférente. Un rustre et un salaud ne sont pas moins vrais qu'un honnête homme, ni toujours plus ignorants. Le savoir-vivre n'est pas un savoir, et c'est pourquoi au fond la philosophie n'est pas une science. Il n'y a pas de savoir proprement philosophique : la philosophie n'est pas un savoir de plus, c'est une réflexion sur les savoirs historiquement disponibles. Mais c'est précisément parce que le savoir n'implique pas un savoir-vivre qu'il serait, sans lui, humainement insuffisant. Il n'y a pas de politesse *more geometrico*, pas de vertu *more geometrico*, pas de bonheur, pas d'amour *more geometrico*... Comment pourtant s'en passer ? Il faut donc autre chose que le savoir, et c'est ce qu'on peut appeler la sagesse. Les savants nous en apprennent moins ici que les artistes, et les philosophes sont comme des artistes de la raison. Faire de sa vie une œuvre d'art ? Ce serait l'idéal, si on le pouvait. Mais on ne peut pas : c'est ce que la philosophie enseigne, par quoi la vie lui échappe comme elle échappe à la musique ou à la peinture... Rembrandt n'est pas un Rembrandt ; Mozart n'est pas une symphonie ; et la vie de Stendhal, quoi qu'on en ait dit, ne fut pas un roman... Comment serait-ce possible ? Il est essentiel à l'art qu'on puisse recommencer, reprendre, corriger, effacer, annuler... C'est ce que la vie ne permet jamais. On pourrait dire qu'en art seules les réussites sont définitives, alors que dans la vie ce sont plutôt nos échecs ou nos à-peu-près qui le sont. Essayez un peu de recommencer votre premier baiser : ce sera au minimum le second, et vous n'aurez rien recommencé du tout. Il y a plusieurs esquisses de la *Neuvième Symphonie* de Beethoven, mais une seule de sa vie, bien sûr, et c'est la vie même : une esquisse sans œuvre (*praxis*, dirait Aristote, non *poièsis*), un premier jet sans retouche, et sans autre éternité que d'être jeté là, dans l'instant même où il s'abolit... Même en jazz, où l'on improvise, il y a des répétitions, des reprises, des standards, et chaque concert est un recommencement. Mais dans l'existence ? Il n'y a pas de répétition de vivre, et (sauf à croire à la métempsycose !) on ne fera pas mieux la prochaine fois. Vivre n'est pas une œuvre ; aimer, souffrir, n'est pas un art. Tant pis pour les esthètes. Prétendre faire de sa vie une œuvre d'art, ce serait se tromper sur l'art ou se mentir sur la vie. C'est ce qui m'a éloigné de Nietzsche, pour finir, et encore plus de ses zélateurs d'aujourd'hui. « L'art au service de l'illusion, disait-il, voilà notre culte ! » L'art que j'aime, c'est plutôt celui qui se met au service de la vérité. Or la vérité de vivre, c'est justement que la vie n'est pas une œuvre (on ne la crée pas : on la vit) et qu'aucune œuvre ne saurait la sauver ni, encore moins, en tenir lieu. C'est d'ailleurs ce qu'indiquent bien clairement, me semble-t-il, les autoportraits de Rembrandt et les derniers quatuors de Beethoven...

Avez-vous approché ces zones où un excès de lucidité en vient à asphyxier la vie ?

Cher Charles Juliet, comme je vous reconnais là ! Et comme je reconnais — quand bien même nous nous connaissons peu — ce qui nous rapproche ! Oui, vous savez cela, vous aussi, que la vérité ne suffit pas, que la lucidité ne suffit pas : que la vie a besoin d'air, c'est-à-dire de joie, d'amour, d'illusions peut-être. C'est ce qu'il y a de fort chez Leopardi, et à quoi pourtant je n'ai jamais pu adhérer tout à fait. Que la raison et la vie puissent s'opposer. Que la vie ait besoin de rêves, et que trop de lucidité puisse être mortifère... Tout cela n'est pas faux, sans doute. Si la vérité est du côté de la mort, comme le croit Leopardi (et tel est en effet le présupposé du matérialisme), comment vivre autrement que dans l'illusion ou le divertissement ? Mais ce n'est pas si simple. La vie est réelle aussi, et le désir, et l'amour. L'erreur de Leopardi, à mon sens, est la même que celle de Platon ou de Schopenhauer : d'avoir cru, comme il l'écrit, que « l'espérance ne fait qu'un avec le désir ». Si c'était vrai, le désir ne pourrait se nourrir que d'illusions (comment espérer le réel ?) et le désespoir tuerait le désir. Mais le corps nous apprend bien nettement le contraire ! L'appétit n'est pas une espérance. Le désir sexuel n'est pas une espérance. Et quoi de plus fort pourtant ? Quoi de plus tonique ? Quoi de plus vivant ? Un homme, une femme : que pourraient-ils espérer de plus, s'ils s'aiment ou s'ils se désirent ? Le plaisir suffit. Le présent suffit. D'ailleurs, les animaux sont aussi vivants que nous. Où a-t-on vu qu'ils aient besoin d'illusions ? On dira qu'ils ignorent la mort, qu'elle n'est rien pour eux. Mais qu'est-elle pour nous ? Que certains se bercent d'illusions pour oublier qu'ils vont mourir, c'est entendu ; mais cela ne veut pas dire que la lucidité mène toujours à l'angoisse : avoir peur de la mort c'est avoir peur de rien, et c'est de quoi la lucidité devrait au contraire nous libérer. Épicurisme strict, ici : la mort n'est rien, ni pour les vivants (puisqu'ils sont vivants) ni pour les morts (puisqu'ils ne sont plus). Le matérialisme est certes une pensée de la mort, et c'est par quoi il est voué au désespoir. Mais la mort n'annule pas la vie, tant que nous vivons, ni le désir, ni l'amour. Où a-t-on vu que la lucidité rendait impuissant ou frigide ? Je crois que c'est le contraire qui est vrai : que ce sont nos illusions ou nos mensonges qui viennent briser le désir. Regardez l'hystérique (la « nympho-mane frigide » de nos traités de psychiatrie !), regardez l'amoureux trop épris ou trop roman-tique, que sa passion affole, regardez le timide, que la lumière paralyse... Les amants lucides, eux, font l'amour dans le plein jour. Joyeuse-ment, désespérément. C'est d'ailleurs un thème qu'on trouve aussi chez Leopardi, et qui m'est cher : « Pour jouir de la vie, un état de désespoir est nécessaire », écrit-il. Très bien. Mais alors il n'est pas vrai qu'il faille choisir entre la lucidité et la pulsion vitale. Il faut choisir plutôt entre l'amour illusoire de la vie et son amour désillu-sionné. Aimer la vie pour ce qu'on en espère (et qu'on n'obtiendra jamais) ou l'aimer telle qu'elle est, en pure perte et désespérément. Cela, la mort même ne pourra nous le prendre : elle ne nous privera que de l'avenir, qui n'est rien.

Je reviens à votre question. Oui, je connais ces zones ou ces moments d'asphyxie. Mais je n'y vois point un excès de lucidité. Plutôt l'insuffisance du vrai, de la raison, de la

connaissance. Ou notre impuissance à nous en
contenter. À quoi bon la vérité, quand nous ne
savons l'aimer ? À quoi bon la raison, sans
le désir ? La connaissance, sans la joie ? La
lucidité, sans l'amour ? Mais il n'est pas vrai
que la connaissance tue le désir, ou ce n'est
vrai que des désirs qui se nourrissent d'illusions. Là encore, la sexualité est un bon guide.
Quoi de plus troublant que la vérité, que la
nudité, que la sincérité ? Pauvres amants, qui
ont besoin de voiles et de mensonges ! Simplement, la vérité ne suffit pas. La raison, à elle
seule, ne peut pas plus faire naître le désir que
le désir ne peut faire naître la raison. C'est au
moins un point — sans doute le seul — où je
reste dualiste. Vous vous doutez bien que ce
n'est pas un dualisme substantiel ou ontolo-
gique : le désir et la raison ne sont pas deux sub-
stances différentes, ni deux régions de l'être ; ce
sont deux parties — matérielles l'une et
l'autre — du corps. Le sexe et le cerveau ? On
pourrait le dire comme cela, mais ce sont plus
vraisemblablement deux parties — ou deux
fonctions — du cerveau. Aux neurobiologistes
de répondre. Toujours est-il que le désir n'est
pas une connaissance, ni la connaissance un

désir, et c'est pourquoi les deux sont nécessaires. Quant à l'asphyxie, pour y revenir, cela
me fait à nouveau penser à ce qu'écrit Freud sur
le mélancolique : qu'il ne souffre que de la
vérité. Sans doute. Mais ce n'est pas la vérité
qui souffre en lui. C'est le désir, que la vérité
blesse. La mélancolie n'est pas une maladie de
la raison ; c'est une maladie du désir : un désin-
vestissement de la libido, dit Freud, ce qu'il
appelle très justement « la perte de la capacité
d'aimer ». La vérité n'y peut rien. Si elle s'aimait
soi, elle serait Dieu, et c'est à quoi je ne puis plus
croire. Mais alors il faut en tirer les consé-
quences : cessons de reprocher à la vérité notre
incapacité à l'aimer ! Ce n'est pas la lucidité qui
nous étouffe ; c'est l'angoisse, l'égoïsme, la
sécheresse de cœur, l'indifférence, le manque de
courage et d'amour... Nous nous étouffons nous-
mêmes, et cela indique le chemin. Ce qu'il faudrait, c'est apprendre à se déprendre : se libérer
de soi, accepter de se perdre, de disparaître, de
n'être qu'un souffle dans le grand vent du
monde... C'est la sagesse du vent, dirait Montaigne : tout le contraire de l'asphyxie !

Un mot encore, si vous le voulez bien, une
citation, à propos de Montaigne justement. On

m'a confié la direction d'un numéro de la *Revue internationale de philosophie*, pour célébrer le quatrième centenaire de sa mort. J'ai demandé un texte à Clément Rosset, qui est un ami, bon connaisseur des *Essais*, et l'un des rares philosophes contemporains dont je me sente proche. Or voici ce qu'il écrit, à propos de Montaigne. Il constate d'abord que les *Essais*, en apparence, ne changent rien à notre vie et d'ailleurs n'y prétendent pas : « l'insoutenable légèreté des *Essais* », comme dit son ami Joseph-Guy Poletti, c'est justement de nous laisser « reprendre la vie au point où on l'avait laissée ». Montaigne, si vous voulez, laisse la vie en l'état, ce qui, remarque Clément Rosset, n'est déjà pas si mal ! Mais Clément ajoute ceci, qui me paraît décisif : « Si la vie reprend dans les mêmes conditions et dans les mêmes incertitude et ignorance, il y a quand même l'acquisition d'une certaine lucidité. C'est tout le débat : une vie plus lucide est-elle plus jubilatoire qu'une vie moins lucide ? Je crois qu'elle l'est. » C'est tout le problème, en effet, et c'est le nôtre. Si Montaigne est un maître si exceptionnel, si irremplaçable, c'est qu'il est un maître à la fois de joie et de lucidité. J'aime mieux son gai savoir que la « lugubre connaissance » de Leopardi ! « Pour moi, j'aime la vie », disait Montaigne, et Clément Rosset a raison de voir dans cet amour de la vie « le mot le plus précieux de la philosophie ». Il reste qu'aimer la vie, c'est ce que la raison ou la vérité ne sauraient faire à notre place. D'où l'asphyxie, en effet, quand il n'y a que la vérité. On a besoin d'air, on a besoin d'amour !

Redoutez-vous de vieillir ? Pensez-vous à la mort ? Est-elle pour vous un problème ?

La réponse est oui, bien sûr, pour les trois questions !

Quarante ans est un bel âge. Cinquante ou soixante ans ne m'effraient pas. Mais après ? Je crains la vieillesse extrême, la déchéance, le rétrécissement de l'esprit et du cœur, l'usure, le handicap (spécialement la surdité, qui me menace de plus en plus), la sénilité, la dépendance, la démence peut-être... Qui ne préférerait rester jeune ? La vieillesse est une anti-utopie réelle : le contraire, exactement, de ce que nous espérerions ! Je sais bien qu'il y a de belles vieillesses ; mais qui peut jurer de la sienne ? Le cerveau commande. La maladie commande. Redouter de vieillir me paraît une attitude normale. Montaigne lui-même n'a jamais caché qu'il préférait la jeunesse, comme tout le monde... Vous me direz : « Si la peur demeure, à quoi bon la philosophie ? » Je vous répondrai : n'était la peur, pourquoi philosophe-rait-on ? La philosophie nous apprend à accepter la peur, à la surmonter parfois, mais elle ne l'annule pas quand le danger est réel. Or, quel danger plus réel que la vieillesse ?

Pour la mort, c'est différent : elle n'est rien pour nous, comme dit Épicure, et il n'y a donc rien à en craindre. Le néant est le contraire d'un danger, puisqu'il ne peut plus être dange-reux pour personne. Mais vous me demandez, non pas si je crains la mort, mais si j'y pense. Bien sûr ! Comment penser la vie sans penser sa finitude ? Penser la vie, sans penser la mort ? La mort n'est rien, soit, mais nous mou-rons, et ça, ce n'est pas rien ! Puis la peur de la mort, même imaginaire comme elle est, est le mouvement spontané de tout être se sachant mortel. C'est bien pourquoi il faut penser la mort, dans sa vérité (comme néant), pour cesser

de l'imaginer ou de la craindre. Je me sens plus
proche de Lucrèce, ici, que de Spinoza. Que
la sagesse soit méditation de la vie, et non de
la mort, j'en suis bien sûr d'accord. Mais
comment méditer l'une sans penser l'autre ?
Vous me demandez si la mort est un problème...
C'est le moins que l'on puisse dire, non ? Il se
trouve que ce problème est à soi-même sa
propre solution, ce qui a quelque chose de ras-
surant. Les morts n'ont pas de problème avec la
mort. Mais les vivants, si ! Problème imaginaire, encore une fois, puisque la mort (en tout
cas la nôtre) n'est jamais là, ou n'y est que
quand nous n'y sommes plus. Mais c'est ainsi :
la philosophie ne cesse de se heurter à des problèmes imaginaires, pour nous en libérer. Enfin
il y a la mort des autres, et la pensée doit bien
aussi, quand elle le peut, s'y confronter. J'ai
perdu, il y a plusieurs années, l'être que j'aimais
le plus au monde — ma fille, alors unique —, et
l'on ne me fera jamais dire que cela ne change
rien. L'horreur fait partie de la vie. Le malheur
fait partie de la vie. Le deuil se fait ? Oui, il finit
par se faire. Mais l'angoisse demeure, puisque
la fragilité demeure. Qui peut aimer sans trembler ? Quel père, quelle mère, sans frayeurs ?

Mortels, et amants de mortels : c'est ce que nous sommes. C'est pourquoi la vie est tragique, et c'est pourquoi aussi nous avons besoin de philosopher. Philosopher c'est apprendre à vivre, certes, non à mourir. Mais comment vivre heureux sans apprendre à accepter la mort ?

Tout ce qu'on pense s'inscrit sur un fond d'énigme, et, au regard de ce qui nous échappe, paraît parfois assez dérisoire. Comment vivez-vous cela ?

Vous avez raison : nous ignorons l'essentiel. « Nous n'avons pas accès à l'être », disait Montaigne. Je n'irais pas si loin (je pense que nos sciences modernes atteignent bien quelque chose du réel, fût-il voilé), mais il est vrai que nous n'avons accès à l'être qu'indirectement, par la médiation de nos sens, de nos appareils d'observation et de mesure, de notre raison, de nos concepts, de nos théories... Aucun contact absolu avec l'absolu, donc, et c'est en quoi les sceptiques, même si je ne les suis pas dans le détail, ont raison au fond. « À la gloire du pyrrhonisme », disait Pascal. La question la plus fondamentale, philosophiquement, est justement celle que nous ne pourrons jamais résoudre : « Pourquoi y a-t-il quelque chose plutôt que rien ? » C'est un abîme, que Dieu même ne saurait combler (Pourquoi Dieu plutôt que rien ?). Contingence de l'être : quand bien même tout serait nécessaire, dans l'enchaînement des faits, il n'était pas nécessaire que quelque chose fût, et tout reste en cela contingent. Le rien était possible aussi, et plus probable peut-être... Énigme ? Ce n'est pas le mot que j'utiliserais, car l'énigme suppose une solution possible, ce qui ne me paraît pas, ici, être le cas. Un abîme plutôt, et sans fond. Un mystère, dont les religions se nourrissent mais qu'aucune ne saurait abolir. Prétendre expliquer l'existence de l'univers par celle de Dieu, ce n'est bien sûr que déplacer la question, et expliquer ce qu'on ne comprend pas par quelque chose qu'on comprend encore moins. Pourquoi Dieu ? Pourquoi l'univers ? Pourquoi l'être ? C'est toujours la question de Leibniz. Pourquoi y a-t-il quelque chose plutôt que rien ? Il n'y a pas de réponse, il ne peut pas y en avoir. Ou l'être est la réponse, si vous voulez, à cette question qu'il ne pose pas. Mais sa solution, non, et c'est pourquoi la question pour nous se pose, et continuera de se poser, définiti-vement. C'est ce qui justifie la métaphysique, et qui la rend impossible. À côté de cette question, toutes les autres ont quelque chose de secon-daire. Dieu existe-t-il ? Y a-t-il une vie après la mort ? Toutes ces questions supposent l'être, et ne sauraient par conséquent supprimer le mys-tère de son origine. Mais nous ne pouvons pas davantage les résoudre pour autant... Donc, vous avez raison : tout ce que nous savons est dérisoire par rapport à ce que nous ne savons pas. C'est ainsi, et il faut faire avec. Cela ne signifie pas que ce que nous savons (que nous sommes nés, que nous allons mourir, que le soleil brille, que deux et deux font quatre...) soit comme rien, si l'on entend par là que cela n'au-rait aucune vérité ou aucune incidence sur notre vie. Mais cela entraîne que toute connaissance reste partielle, comme perdue dans l'abîme de ce que nous ignorons, et dès lors définitivement fragile et sujette à caution. C'est en quoi Mon-taigne a raison. C'est en quoi Hume a raison. Oui. Mais enfin la vie continue, et d'ailleurs c'est ce qu'ils ont dit tous les deux. Savoir qu'on ne sait rien, ou qu'on ne sait rien de cer-tain, cela n'empêche pas de cultiver son jardin,

de faire de la politique ou de jouer aux échecs...
Vous me demandez comment je vis cette ignorance fondamentale. Elle ne m'angoisse pas.
Elle m'amuserait plutôt. Elle nous interdit, en
tout cas, de nous prendre trop au sérieux. Vous
connaissez la grande formule de Woody Allen :
« Il se peut que rien n'existe et que tout ne soit
qu'illusion. Mais dans ce cas, j'aurais payé ma
moquette beaucoup trop cher ! » C'est une idée,
je crois, que Hume aurait aimée. Cela dit, l'important est moins de savoir ce qu'est ou ce que
vaut une moquette, que de décider de ce qu'on
en fait, ou de ce qu'on fait sur elle... C'est où la
vie — même dans l'ignorance — retrouve ses
droits, et d'ailleurs aussi ses devoirs.

Qu'est-ce qu'un moraliste ? En êtes-vous un ?

Si c'est quelqu'un qui donne des leçons de
morale, non merci ! Quelle espèce plus insup-
portable ? La morale ne vaut que pour soi, et les
leçons ne sont bonnes que pour les enfants. En
revanche, si un moraliste c'est quelqu'un qui
pense que la morale est nécessaire, qu'elle
mérite attention, réflexion, respect, bien sûr que
j'en suis un ! Mais quel philosophe qui ne le

soit ? Cela ne veut pas dire, notez bien, que la morale soit la chose la plus importante, ce que je ne crois pas : l'amour et la vérité valent mieux, qui se moquent de la morale. Mais nous connaissons si peu, mais nous aimons si peu, si mal... Nous n'avons besoin de morale que faute d'amour et de connaissance, certes, mais c'est aussi pourquoi nous en avons tellement besoin ! Enfin, si le moraliste est un écrivain qui fait de la philosophie sans le savoir, en amateur, comme un autodidacte de la pensée, avec ce que cela suppose de fraîcheur et de légèreté (pensons à nos « moralistes français », que Nietzsche aimait tant : La Rochefoucauld, Chamfort, Vauvenargues...), je crains de ne pas pouvoir en être un : j'ai trop travaillé, j'ai fait de trop bonnes études, ou trop lourdes, je suis du métier, que je le veuille ou pas, je suis un universitaire, pour le meilleur et pour le pire, je suis un philosophe, et au fond ce n'est pas si mal...

Travaillez-vous sur vous-même en vue de vous perfectionner ?

Qu'est-ce autre que vivre ? Qu'est-ce autre que philosopher ? Vivre, c'est toujours faire l'ef-

fort de vivre, disait à peu près Lagneau, et c'est
la meilleure définition du *conatus* spinoziste, et
de la vie. Qui voudrait exister moins ? Qui ne
souhaite s'améliorer, s'élever, grandir ? Qu'il
faille s'accepter, c'est entendu. Mais ne nous
résignons pas trop vite à notre bassesse, à notre
faiblesse, à notre médiocrité ! La vie est une
aventure, elle peut l'être, elle doit l'être. S'accepter, oui, mais pas s'agenouiller devant soi, ni
se coucher. Il s'agit de vivre : il s'agit d'avancer,
de progresser tant qu'on peut. Ne soyons pas trop
dupes pourtant de ce « travail », ni de ce « per-
fectionnement ». La vie continue, voilà tout, et
nous aussi, et chacun se débrouille comme il
peut. La perfection n'est évidemment pas à notre
portée. Mais enfin, nous partons de si bas qu'il
doit bien être possible de progresser quelque
peu... C'est le sens d'Icare, dans mon premier
livre. Il symbolise ce mouvement d'ascension,
qui est la vie même : il s'agit de remonter la pente
de l'entropie, de la fatigue ou de la mort, de mon-
ter à l'assaut du ciel, comme disait Marx, tout en
sachant qu'au bout du compte la chute est inévitable... Mais quelle curieuse idée ce serait que de
renoncer à vivre sous prétexte qu'on ne vivra pas
toujours ! « Il faut se tenir au difficile », écrivait

Rilke ; c'est se tenir à la vie. S'y tenir, plutôt
qu'y tenir. C'est ce que Pavese appelle le métier
de vivre : c'est un travail en effet, et le seul qui
justifie tous les autres. Cela vaut-il la peine ?
C'est à chacun d'en décider. Pour ma part, et jusqu'à présent, je trouve que cela en vaut et la
peine et le plaisir. L'un ne va pas sans l'autre.
C'est pourquoi le courage est nécessaire, et c'est
pourquoi il ne suffit pas. D'ailleurs rien ne suffit.
Ce n'est pas un hasard si le mot de *suffisance*, en
français, désigne surtout un défaut ou un ridicule. Être suffisant, c'est être plein de soi-même,
c'est se prendre au sérieux, c'est être fat, préten-
tieux, présomptueux, méprisant... Tout l'opposé
de la sagesse ! Au fait, quel est le contraire de la
suffisance, en ce sens-là ?

L'humilité ? la modestie ? la simplicité ?

Oui : l'humilité, la modestie, la simplicité...
Aussi, quoique de plus loin, la lucidité (se
prendre au sérieux, c'est toujours en manquer),
la légèreté, le respect (par opposition au
mépris), la bonhomie, la gentillesse, l'humour,
l'amour... Cela fait beaucoup de beaux mots
pour finir, vous ne croyez pas ?

Présentation des coauteurs

Judith Brouste, écrivain, vit à Paris. Née en 1948, elle a publié *Le Rire fou des chimères*, aux Éditions Les formes du secret, en 1979. Puis *La Clandestine*, aux Éditions Quai Voltaire, enfin *L'État d'alerte* et *Le Vrai Mobile de l'amour*, tous deux aux Éditions du Seuil. Elle a écrit de nombreux textes dans la revue *L'Infini*, et collabore à *Art-Press*.

Charles Juliet a publié une vingtaine d'ouvrages, dont un *Journal* en quatre tomes, des récits, *L'Année de l'éveil, L'Inattendu, Lambeaux, Attente en automne*, et des recueils de poèmes, *Affûts, Fouilles, Ce pays du silence, À voix basse*, tous aux Éditions POL.

Patrick Vighetti, né en 1961, est professeur de philosophie à Lyon. Il a traduit en français (pour Jérôme Millon, les PUF et Le Seuil) plusieurs ouvrages du philosophe italien Paolo Rossi. Il a également publié un livre d'entretiens avec François Dagognet, *Cheminement*, aux Éditions Paroles d'Aube, en 1996.

TABLE

DU MÊME AUTEUR

Traité du désespoir et de la béatitude (tome 1, *Le Mythe d'Icare*, tome 2, *Vivre*), PUF, 1984 et 1988.

Une éducation philosophique, PUF, 1989.

Pourquoi nous ne sommes pas nietzschéens (en collaboration), Grasset, 1991, rééd. Le Livre de Poche, 2002.

« Je ne suis pas philosophe » (Montaigne et la philosophie), Honoré Champion, 1993.

Valeur et vérité (Études cyniques), PUF, 1994.

Camus, de l'absurde à l'amour (en collaboration), Paroles d'Aube, 1995, rééd. La Renaissance du Livre, 2001.

Petit traité des grandes vertus, PUF, 1995, rééd. Point Seuil 2001.

Arsène Lupin, gentilhomme philosopheur (avec François George), L'Aiguille Preuve, 1995, rééd. Le Félin, 1996.

Impromptus, PUF, 1996.

De l'autre côté du désespoir (Introduction à la pensée de Svâmi Prajnânpad), Éditions Jean-Louis Accarias-L'Originel, 1997.

La Sagesse des Modernes (avec Luc Ferry), Robert Laffont, 1998, rééd. Pocket, 1999.

L'Être-Temps, PUF, 1999.

Le Gai Désespoir, Alice Éditions (Liège), 1999.

Chardin, ou la matière heureuse, Éditions Adam Biro, 1999.

Le Bonheur, désespérément, Éditions Pleins Feux, 2000, rééd. Librio, 2002.

Présentations de la philosophie, Albin Michel, 2000, rééd. Le Livre de Poche, 2002.

Lucrèce, poète et philosophe, La Renaissance du Livre, 2001.

Dictionnaire philosophique, PUF, 2001.

Aux Éditions Albin Michel : « Carnets de philosophie » (textes choisis et présentés par André Comte-Sponville), douze titres parus : *Pensées sur la morale, Pensées sur la politique, Pensées sur l'amour, Pensées sur la mort, Pensées sur la connaissance, Pensées sur la liberté, Pensées sur Dieu, Pensées sur l'athéisme, Pensées sur l'art, Pensées sur le temps, Pensées sur l'homme, Pensées sur la sagesse.*

Composition réalisée par NORD COMPO

IMPRIMÉ EN ESPAGNE PAR LIBERDÚPLEX
Barcelone
Dépôt légal Éditeur : 60226 - 10/2005
Édition 03
LIBRAIRIE GÉNÉRALE FRANÇAISE - 31, rue de Fleurus - 75278 Paris cedex 06
ISBN : 2 - 253 - 06699- 0